DAGMAR FOHL

FRIEDA

DIE DEUTSCHE CAMILLE CLAUDEL Ein selbstbewusstes Mädchen wählt den Lebensweg einer Künstlerin. Mit 16 Jahren verlässt Elfriede trotz Geldnot, Krieg und Hunger das autoritäre Elternhaus, um ihre Kunst zu verwirklichen und frei zu leben. Nach dem Krieg beginnen wilde Jahre mit ihren Künstlerfreunden, darunter Otto Dix und Oskar Kokoschka. Kurt Lohse, Maler und Sänger, wird Elfriedes große Liebe. Die Künstlerin gibt ihr Atelier auf, zieht zu ihm und heiratet. Doch nach anfänglicher Verliebtheit zeichnen sich in der Ehe unüberwindliche Risse ab und führen die Künstlerin auf einen tragischen Weg in Einsamkeit, bittere Armut, Rotlicht-Milieu und Nervenzusammenbruch. Die Bilder, die sie in der Hamburger Psychiatrie von Patienten malt, bringen ihr nach ihrer Entlassung den künstlerischen Durchbruch. Aber das Schicksal der Elfriede Lohse-Wächtler geht seinen Weg, ohne dass die Malerin, die für ihre Freiheit kämpft, es aufhalten kann. Ein ergreifender Roman, der die Innensicht der Künstlerin eindrücklich nachfühlbar macht.

© W. Heinrich

Dagmar Fohl absolvierte ein Studium der Geschichte und Romanistik in Hamburg und arbeitete als Historikerin und Kulturmanagerin. Heute lebt sie als freie Autorin in Hamburg und schreibt Romane über Menschen in Grenzsituationen. Psychologisch fundiert zeichnet sie Seelenzustände ihrer Protagonisten mit ihren Lebens- und Gewissenskonflikten, und beleuchtet gleichzeitig die gesellschaftlichen Verhältnisse und Probleme der jeweiligen Epoche, in der ihre Protagonisten agieren.

Bisherige Veröffentlichungen im Gmeiner-Verlag:
Alma (2017)
Schneemusik (2017)
Der Schöne im Mohn (2016)
Amrum sehen und sterben (2016)
Palast der Schatten (2013)
Der Duft von Bittermandel (2011)
Die Inseln der Witwen (2010)
Das Mädchen und sein Henker (2009)

DAGMAR FOHL

FRIEDA

ROMAN

GMEINER

Immer informiert

NEWSLETTER

Spannung pur – mit unserem Newsletter informieren wir Sie regelmäßig über Wissenswertes aus unserer Bücherwelt.

Gefällt mir!

Facebook: @Gmeiner.Verlag
Instagram: @gmeinerverlag
Twitter: @GmeinerVerlag

Besuchen Sie uns im Internet:
www.gmeiner-verlag.de

Im Ehnried 5, 88605 Meßkirch
Telefon 07575/2095-0
info@gmeiner-verlag.de

1. Auflage 2019

Lektorat: Claudia Senghaas, Kirchardt
Herstellung: Mirjam Hecht
Umschlaggestaltung: U.O.R.G. Lutz Eberle, Stuttgart
unter Verwendung eines Fotos von: © Nachlass Elfriede Lohse-Wächtler, Hamburg
Druck: GGP Media GmbH, Pößneck
Printed in Germany
ISBN 978-3-8392-2473-1

Der Roman beruht auf Tatsachen. Die Personen der Handlung haben gelebt und gewirkt. Der Text basiert auf Quellen, Briefen und Sekundärtexten von und über Elfriede Lohse-Wächtler. Die kursiv gedruckten Passagen und Brieffragmente sind Originalzitate.

Die Rechtschreibung der Quellentexte wurde der modernen Rechtschreibung angepasst.

1916–1929

Es lebt die Erde!
Wir kommen und geh'n;
Von ihr,–
Über sie,–
Zu ihr,–
Von Licht und Geist
Durchdrungen!
Umgeben!
Wollen wir leben
Das Leben

Elfriede Lohse-Wächtler

Ich packe alles, was mir wichtig ist, in den grauen Pappkoffer, ich presse mit dem Knie den Deckel zu, klopfe mit der Faust auf das widerspenstige Schloss, bis es endlich einschnappt. Ein letztes Mal sehe ich mich in meinem Zimmer um, ergreife den Koffer, trete aus der Tür heraus, durchquere das Wohnzimmer mit den Blümchentapeten und Spitzendeckchen samt dem ganzen Nippes, den ich noch nie habe leiden können, gelange in den Flur, lege ohne zu zögern den Abschiedsbrief an die Eltern auf die kleine Kommode. Es gibt nichts, was mich am Fortgehen hindern kann, auch nicht der Krieg, der Krieg schreckt mich weniger als das ewige Geschrei und die Attacken des Vaters. Noch einmal fühle ich den ohnmächtigen Hass in mir aufsteigen, wie ein Pfeil schießt er durch mich hindurch, bis es in meinem Kopf sirrt. Wenn der Vater vor mir gestanden hätte, um mich aufzuhalten, hätte ich zurückgeschlagen, und die Mutter wäre hinzugekommen in dem vergeblichen Versuch, den Streit zu schlichten und Vater und Tochter auseinanderzubringen, und der kleine Hubert hätte weinend daneben gestanden, ohne zu begreifen, was sich vor seinen Augen abspielt.

Ich blicke in den Flurspiegel, betrachte mein blaues Auge, das gerade beginnt, sich moosgrün und braungelb zu verfärben; ich schenke ihm keine weitere Beachtung mehr, nehme meinen schwarzen Mantel vom Haken, setze den kleinen Hut auf, öffne die Wohnungstür, trage den Koffer über die Schwelle und lasse die Tür ins Schloss knallen. Ich stehe jetzt im Treppenhaus, und wenn der Koffer nicht so schwer gewesen wäre mit all den Farben, Pinseln und Papieren, wäre ich die Stufen hinuntergerannt,

meiner Freiheit entgegen,

fort

von der Voglerstraße,

fort

aus der Welt der gestärkten Weißwäsche, der sterilen Sauberkeit und Ordnung,

fort

von dem Vater, der mich schlägt und erstickt,

fort

von dem Spießer, der nur seine Buchhaltung und die Sicherheit im Kopf hat, dessen Leben tot ist, der jeden Tag früh morgens zur Arbeit rennt und abends zurückkehrt und mit stoischer Beharrlichkeit sein sinnentleertes Leben führt,

fort

von dem Despoten, der seinen Charakter mitten im Gesicht trägt.

Niemals werde ich dieses Gesicht malen, diese Mienenlandschaft mit ihrem wutgestauten Blick unter den buschigen Augenbrauen, dieses Schlachtfeld mit dem vom Bart umschlossenen störrischen Mund, der von einem Moment zum anderen seinen giftigen Zorn herausschreit, Befehle erteilt und den unbeherrschbaren Vater-Groll über die Familie schüttet,

fort

von dem Zigarrenmachersohn, der es zum Buchhalter gebracht hat und nichts mehr wissen will von seiner proletarischen Herkunft, der sich die bürgerlichen Tugenden auf die Fahnen schreibt und auf das von ihm bestimmte Wohl und Ansehen seiner Familie bedacht ist, der seine Frau zu seinem Dienstmädchen macht und seine Kinder auf den in seinen Augen rechten Weg stößt, der mit seiner Strenge sein eigenes Leben und das seiner Familie in eine Zwangsjacke steckt, nur, um in der Kaste des Bürgertums zu bestehen, weil für ihn der soziale Abstieg das Schlimmste ist,

fort, nur fort von ihm!

Ich lasse mich nicht von seiner Autorität einschüchtern, *ich* setze mich zur Wehr! Ich werde niemals Kostümschneiderin werden, auch wenn ich gern Kleider nähe. Zwei Semester sind genug! Ich habe die Modeausbildung aufgegeben und bin in die Grafikklasse der Gewerbeschule gewechselt. Männer und Frauen können hier gemeinsam Kunst studieren. Ich habe die Aufnahmeprüfung auf Anhieb bestanden. Ich habe den Vater nicht um Erlaubnis gefragt. Deshalb schlug er mir mit seiner Faust auf mein sich nun in allen Schattierungen verfärbendes Auge. Es ist nicht der erste Hieb, den er mir ins Gesicht geboxt hat, aber es wird der letzte sein, das schwöre ich mir.

Ich bin 16 Jahre alt, das Leben liegt vor mir, ein Leben, wie ich es mir erträume, und nicht, wie der Vater es von mir erwartet und in mich hineinzuprügeln versucht.

*

Ich schleppe den Koffer zur Haltestelle und fahre mit der Straßenbahn in die Pillnitzer Straße zu Londa. Sie lebt seit Kriegsbeginn in Dresden und arbeitet als Lazarettkrankenschwester, was ich nur schwer verstehen kann. Warum lässt auch sie sich in die Kriegsmaschinerie einspannen? Sie ist in vielen Dingen anders als ich, sie trägt biedere Rüschenblusen aus Taft, Röcke mit Spitzenbesatz und spielt Laute; dennoch sind wir Freundinnen. Es ist unsere Eigenwilligkeit, die uns verbindet. Auch Londa kämpft für ihre Unabhängigkeit.

Wir teilen uns von nun ab ihr Zimmer, es ist eine kleine dunkle Kammer, in der Londa den meisten Platz für ihre Kleider belegt. Eigentlich hätte ich lieber allein gewohnt mit mehr Raum zum Arbeiten, ich weiß jedoch nicht, wo ich sonst unterkommen könnte.

Londa hat für mich ein kleines Regal und einen Nachtschrank frei geräumt. In dem Schränkchen verstaue ich die wenige Wäsche, die ich mitgenommen habe. Meine Malsachen lege ich griffbereit auf das Regal.

Ich werfe mich auf das Bett, verschränke die Arme hinter dem Kopf und sehe die Freiheit in einem Strudel bunter Farben vor mir aufleuchten. Ich lasse mir von niemandem mehr vorschreiben, wie ich zu leben oder was zu malen habe!

*

Ich biete dem Friseur eine Porträtzeichnung gegen einen Haarschnitt. Er willigt ein, weil er ein Geschenk für seine Frau zur Silberhochzeit sucht. Ich sage ihm, was ich wünsche. Er verzieht das Gesicht; es wäre eine Sünde, mein schönes Haar abzuschneiden. Ich lasse mich nicht davon abbringen.

Ich beobachte seine zögerlichen Schnitte im Spiegel und fordere ihn auf, kräftig zuzuschneiden bis an die Ohren.

Endlich klappert die Schere.

*

Ich verändere meine Kleidung. Ich trage Russenblusen mit hohen Stehkragen und lange Röcke, die ich selbst entwerfe. Um die Taille binde ich einen breiten Ledergürtel. Bevor ich aus dem Haus gehe, setze ich meinen großen verbeulten Künstlerhut auf und stecke mir eine Pfeife in den Mund.

Auf der Straße hagelt es böse Blicke und Schimpftiraden. Alle Häme prallt von mir ab. Sollen doch die Spießer an ihrer Langweiligkeit ersticken!

Auf dem Weg zu den Eltern beglotzen mich die Blasewitzer Nachbarn. Die Drexler ruft mir zu, ob ich nun vollkommen verrückt geworden sei, zetert, dass meine Eltern eine solche Tochter nicht verdient hätten und ich mich schämen solle, so herumzulaufen. Fleischer Zitzlitz watschelt aus der Ladentür, kreuzt die Arme über seinem talgigen Bauch und schnauft. Seine Frau blökt im Hintergrund in ihrer Schafsstimme, dass ich eine Schande wäre für das ganze Viertel.

Mit der rechten Hand nehme ich die Pfeife aus dem Mund, mit der Linken ziehe ich den Hut und verbeuge mich mit einem Grinsen.

*

Hubert öffnet die Tür. Ihm gefällt besonders meine Pfeife. Die Mutter verbirgt ihr Gesicht in den Händen.

»Warum kannst du nicht Ruhe geben, es ist alles schon schlimm genug.«

Ihre ängstliche Stimme macht mich wütend. Eine Mutter, die in schneeweißer spitzenbesetzter Kittelschürze und mit Haarknoten herumläuft, die tagein, tagaus den Vater bedient in ständiger Furcht, ihn zu verärgern, ist mir kein Vorbild.

Wir gehen in die Küche. Die Mutter stellt mir eine Buchtel hin. Ich verschlinge sie, ich habe lange nicht mehr etwas so Gutes gegessen. Die Mutter setzt sich neben mich und beäugt mich. Ein Lächeln huscht über ihr Gesicht. Ich rate ihr, sich auch meine Frisur schneiden zu lassen. Sie boxt mich sanft auf den Oberarm und gluckst. Ich beginne, ihr gefangenes Haar zu lösen. Als unser Lachen durch die Küche schallt, hören wir Schlüsselgeklapper. Die Mutter schrickt auf, ihr Gesicht verhärtet sich. Sie steckt die Haarnadel fest, huscht in den Flur, stellt dem Vater die Pantoffeln bereit. Ich höre ihr Geraune. Ohne die Worte zu verstehen, weiß ich, dass sie ihn vor meinem Anblick warnt, um den ersten Aufprall seiner Wut abzumildern.

Der Vater öffnet die Küchentür – er bleibt am Türrahmen stehen. Seine Augen sind auf mich gerichtet, während sein Gesicht zornrot anläuft und sich in ein Dunkelkarminrot verfärbt. Ich sitze am Tisch und halte seinem Dolchblick stand, ohne Angst, ohne mit der Wimper zu zucken. Ich will ihm zeigen, wer ich wirklich bin!

Kein Wort schreit aus seinem Mund.

Es hat ihm die Sprache verschlagen.

Er bleibt wortlos stehen, er kommt nicht auf mich zu.

Er schlägt mich nicht!

Dreht sich um, verlässt die Küche.

Knallt hilflos mit der Tür.

Spürt, dass er verloren hat!

Und ich, ich lache!

Ich lache mich kaputt!

*

Im Zeichensaal der Kunstgewerbeschule. Der helle Raum ist sehr gut ausgestattet. Wir haben verstellbare Pulte mit seitlich ausziehbaren Ablagen, und Pendeldeckenleuchten, die ich in die gewünschte Höhe ziehen kann. Mein Platz ist das hintere Pult rechts am Fenster. Ich habe von dort aus einen Blick auf alle Studenten. Hier fühle ich mich richtig, hier werde ich das lernen, was meine Kunst voranbringt.

Ich blicke auf die drei großen Vogelmodelle, die auf den Schränken an der rechten Saalwand stehen und ihre Gefieder spreizen. Ich sehe sie auffliegen in eine wunderbare Zukunft.

Ein Bild zu malen ist das größte Abenteuer. Wenn es zu leben beginnt und sich in die Lüfte erhebt, wenn es sich von meiner Absicht löst und das zu Tage fördert, was ich zuvor nicht geahnt habe, vergesse ich völlig, dass Krieg herrscht und jeden Tag unzählige Menschen ihr Leben verlieren.

*

Ich kann von meinen Bildern weder die Schule bezahlen noch leben, ich muss Batiken oder Gruß- und Geschenkkarten anfertigen und Möglichkeiten schaffen, sie zu verkaufen, sonst würde ich verhungern. Der Vater gibt mir keinen Pfennig, solange ich nicht in die Modeklasse zurückkehre. Er hat die Tante zu mir geschickt, um mich umzustimmen und mein Grafikstudium aufzugeben.

»Wenn du keine Kostüme schneidern willst«, sagt sie, »warum gehst du dann nicht zur Post, da hast du ein sicheres Einkommen.«

Ich schicke sie fort und bleibe bei dem, was mir wichtig ist.

Der Vater lässt mir ausrichten, was nun folgen würde in meinem Leben, hätte ich mir selbst eingebrockt, also müsste ich auch allein damit fertig werden.

Ohne die Suppentöpfe, mit denen die Mutter Hubert heimlich zu mir schickt, hätte ich es noch schwerer.

*

Mir fehlt Platz zum Arbeiten. Ich fahre in die Voglerstraße, um mithilfe der Mutter zu batiken und zu nähen. Seit der Vater mich wieder geschlagen hat, komme ich nur noch, wenn er bei der Arbeit oder auf der Jagd ist und Tiere abknallt.

Alle Türen in der Wohnung stehen offen, ich muss ständig die Zimmer wechseln. In der Küche steht das Bügelbrett, ich lege es mit Stoffen aus, während die Färbetöpfe auf der Herdplatte dampfen und mehrere Bügeleisen im Herdfeuer glühen. Im Wohnzimmer trage ich Kreidestriche auf die Stoffe auf und mache den Zuschnitt. Da der Ausziehtisch immer zu klein ist, arbeite ich auf dem Fußboden weiter.

Ich setze mich an die alte Nähmaschine. Wenn die Fußbedienung klemmt und sich nicht reparieren lässt, rufe ich Hubert, damit er das schwarze Eisenrad mit der Hand dreht. Er muss auch die heruntergefallenen Stecknadeln wieder aufsammeln und ins Nähkissen stecken.

Die Mutter hilft beim Ausbügeln und Abstecken, und sie verwöhnt mich immer mit einem guten Essen.

Wir sitzen am Küchentisch. Ich sehe in ihr verbittertes, unglückliches Gesicht: die Augen ernst und freudlos, der Mund verkantet, die Gesichtszüge streng.

Sie will Frieden in der Familie, sie hadert mit meinem und mit ihrem Leben. Wenn der Vater im Haus ist, läuft sie nur auf Zehenspitzen herum und trägt einen Maulkorb um den Mund. Sie schützt sich gegen ihn wie gegen Staub und Mottenfraß. Sie hat einen Schonbezug über sich gestülpt wie über die Möbel.

Manchmal genügt der bloße Anblick der Mutter, mich wütend zu machen. Ich möchte ihre Angst aus ihr herausschütteln oder sie an den Haaren packen und sie anschreien, warum sie sich nicht endlich von dem Vater befreit. Doch ich kann ihr nicht helfen. Ich kann ihr Leben nicht ändern, ich kann nur meines führen, wie ich es für richtig halte.

Ich laufe ins Schlafzimmer zur Anprobe und stelle mich zum Abstecken vor den großen Spiegel. Neben den Betten habe ich den Leiterstuhl als Staffelei aufgestellt und arbeite zwischendurch an einem Ölbild. Ohne zu malen geht es nicht! Ohne zu malen würde ich veröden. Den Pinsel in der Rechten, eine Zigarette in der Linken stehe ich vor der Leinwand, ich rauche immer beim Malen, inhaliere tief und stoße den Rauch mit heftigem Druck wieder aus, bevor ich zum nächsten Strich ansetze.

Jedes Mal, ehe der Vater von der Arbeit zurückkehrt, schleiche ich mich fort und beseitige alle Spuren meines Besuches. Nur der Geruch der Farben bleibt in der Wohnung haften und verrät dem Vater meine Anwesenheit. Es ist mir egal.

*

Der Krieg nimmt kein Ende. Auf den Straßen hinken immer mehr Invaliden in zerlumpten Uniformen. Viele Studenten der Gewerbeschule und der Kunstakademie sind eingezogen. Ich bete, dass alle Freunde gesund zurückkommen.

Der Unterricht in der Zeichenklasse langweilt mich. Seit Monaten zeichnen wir nur tote Formen. Ich muss Dinge lernen, die dem, was ich auf die Leinwand bringen will, widersprechen. Professor Erler mahnt mich zur Geduld und pocht auf eine Ausbildung mit Grundfertigkeiten.

*

Wieder einmal ziehe ich durch die Stadt auf der Suche nach Nahrungsmitteln. Ich beobachte, wie eine gut gekleidete Frau etwas vom Boden aufhebt, es zum Mund führt und zu kauen beginnt.

Es gibt nichts mehr zu essen in Dresden. Selbst die Reserven sind aufgebraucht. Der Hunger nagt an uns wie eine gefräßige Ratte und frisst uns von innen auf. Ich klappere alle Läden ab. Alle Menschen laufen sich die Füße wund nach einem Löffel Fett, einer Handvoll Mehl, aber es gibt nichts, keine Äpfel, keine Früchte, keine Eier, überhaupt keine Lebensmittel, nicht einmal genügend Bäckerbrot. Die Regale sind leer.

Ich nehme meinen großen Rucksack mit den Lederriemen, fahre in die Umgebung und stehle auf den Feldern alles, was ich auftreiben kann. Ich klaue für die ganze Familie. Die Feldwächter schrecken mich nicht ab. Weder die Eltern noch Hubert sollen hungern. Außerdem muss ich die Mutter aussöhnen. Als sie bei ihrer Freundin war, habe ich ihre Speisekammer aufgebrochen und mit Hubert zusammen Maggisuppe und Brot gegessen. Ich habe ihr aber einen Rest Brühe im Topf übrig gelassen und eine Scheibe Brot dazugelegt.

*

Franz Pfemfert hat Felixmüllers Holzschnitt von meinem Kopf in ›Die Aktion‹ veröffentlicht!

*

An Kunst ist nicht zu denken. Ich muss wieder Essen besorgen. Die Verwandten in Husinec erwarten mich. Die Fahrt ist mit Hindernissen verbunden. Mehrmals stoppt der Zug und steht lange auf den Gleisen still. Die Fahrgäste wissen nicht, warum.

Endlich bin ich angekommen. Vom Bahnhof aus gehe ich den Rest des Weges zu Fuß. Ich spaziere die Hauptstraße entlang, an der Kirche und am Geburtshaus von Jan Hus vorbei.

Die Stimmung in der Familie ist niedergedrückt. Großmutter Anna starb letzte Weihnachten. Auch ich vermisse die Großmutter. Ich sehe ihr Gesicht vor mir. Zwischen den Brauen kerbten sich zwei senkrechte Falten in ihre Stirn, während ihre Augen immer etwas Sanftmütiges ausstrahlten, selbst wenn sie sich ärgerte. Sie war energisch und warmherzig zugleich.

Ihre samtweiche Haut duftete nach Rosenholz. Ich umarmte die Großmutter bei jeder Gelegenheit, schmiegte meine Wange an die ihre, um sie zu fühlen und an ihrer Haut zu schnuppern.

Ich denke an die Monate, die ich nach der Schule in Husinec verbrachte. Die Großmutter und die Tante gaben mir Luft zum Atmen. Es gab keine strengen Regeln, ich durfte in den Tag hineinleben und ihn selbst gestalten. Ich habe viele Wanderungen gemacht und gezeichnet, Tschechisch gelernt und im Laden geholfen. In den Regalen herrschte ein wahlloses Durcheinander, das ich in eine sinnvolle Ordnung brachte. Die Großmutter schlug die Hände über dem Kopf zusammen, weil sie nichts mehr wiederfand.

Drei Tage lebe ich wie im Schlaraffenland. Ich werde von morgens bis abends mit Essen versorgt. Ich sähe aus wie ein Streichholz, sagt die Tante und plündert für mich und die Familie Wächtler den Laden und die Speisekammer. Sie gibt mir Mehl, Speck, geräucherte Würste, einen Schmalztiegel, Eingewecktes, Käse, sogar eine kleine Tüte echten Kaffee, auch frisches Gemüse, nicht nur Kohlrüben und Kartoffeln, und für Hubert Schokolade und eine Zuckerstange.

*

Mit einem großen Koffer und einem Rucksack voller Nahrungsmittel komme ich nach Dresden zurück. Ich kann die Kostbarkeiten kaum tragen.

Die Mutter hat Tränen in den Augen, als ich meine Präsente auf ihrem Küchentisch ausbreite. Huberts

Wangen glühen. Sein Hunger verdoppelt sich beim Anblick der Speisen. Wir geben ihm ein Stück Brot und die Zuckerstange. Die Mutter verspricht, zum Abendbrot ein Stück Wurst auf den Tisch zu bringen.

*

Endlich beginnen wir mit Porträt- und Aktzeichnungen! Mein Stift fliegt über das Papier. Endlich fangen die Bilder an zu leben!

Ich besuche bei jeder Gelegenheit die Galerie, schaue mir die neueren Meister an und studiere Körper und Gesichter. Wenn ich zu nah an die Gemälde herangehe, steht sofort einer der grün uniformierten Aufseherfrösche neben mir und beäugt mich misstrauisch.

Wir arbeiten auch oft im Zoo. Ich mache eine Bewegungsskizze nach der anderen.

Ich werde mir immer sicherer in dem, was ich schaffen will. Doch ich sehe diese Ideen weder in der Zeichenklasse noch auf den Gemälden.

*

Der Hunger treibt mich aus der Stadt. Ich habe auf einem Gutshof in Neschwitz Arbeit gefunden, wo auch russische Kriegsgefangene schuften. Wir helfen bei der Ernte und versorgen das Vieh. Die Männer buchten tiefe Gräben auf den Weiden aus und reparieren die Zäune.

Die Mutter sorgt sich um mich. Ich werde nicht von den Russen vergewaltigt. Die freundlichen Männer verstehen mein Tschechisch, und ich ihr Russisch. Sie erzählen mir von Kriegserlebnissen und von ihren Familien, die sie sehr vermissen. Immer wieder zeigen sie mir Fotos ihrer Frauen und Kinder.

Ich zeichne dem einen oder anderen ein Porträt. Die Männer freuen sich und schicken die Bilder nach Hause.

*

Ich kann die hungernden Eltern und Hubert für ein paar Wochen aufs Land holen, damit sie zu essen haben. Der Vater hat seinen Groll gegen mich besänftigt, weil seine Familie die Kriegsjahre ohne meine Hilfe nicht überstehen würde, aber das bedeutet nicht, dass er meine Lebensweise akzeptiert.

Auch ich bin ihm gegenüber milder gestimmt. Er ist kein Nationalist und Kriegshetzer. Er schreibt weiterhin Briefe an die französischen Freunde, die uns vor dem Krieg einmal besuchten.

*

Wieder in Dresden. Krieg und Hunger, Hunger und Krieg. Ich möchte endlich wieder in Ruhe malen können!

Die Zeitungen berichten, die deutschen Truppen würden von den Alliierten immer weiter zurückgedrängt.

Der Krieg muss ein Ende haben!

*

Ich lebe im Chaos von Revolution, Kriegsende, Republik. Es grenzt an ein Wunder. Ich kann ein eigenes Atelier beziehen! Conrad Felixmüller, Londas Freund, hat es mir überlassen. Sie sind ein Paar seit seiner Entlassung aus der Arnsdorfer Psychiatrie, in die er wegen seiner Kriegsdienstverweigerung eingesperrt wurde. Londa und Conrad wollen heiraten und nach Klotzsche ziehen, und ich übernehme das Atelier! Es befindet sich in der Rietschelstraße in der Pirnaer Vorstadt, sehr zentral und nicht weit gelegen vom Eliasfriedhof, der Synagoge, dem Landgericht und dem Stadthaus.

Es ist ein helles, vierfenstriges Eckraumatelier!

*

Den ganzen Tag laufe ich im Zickzack und räume die Möbel hin und her, die Felixmüller mir überlassen hat. Den Hocker stelle ich vor die Staffelei ans Fenster, daneben die rote Kiste mit den Malsachen, Tisch und Stühle kommen in die Mitte des Raumes, die Kommode schiebe ich neben das Bett in die fensterlose Zimmerecke. Das Bett besteht nur aus einer auf vier Holzklötzen liegenden Matratze, es wird nicht zu sehen sein, ich werde es tagsüber mit einem Batiktuch abdecken und als Chaiselongue nutzen.

Ich sehe meine Mappe durch und entscheide mich, die Wände mit Zeichnungen und Holzschnitten von Felixmüller, Dix und ein paar anderen Künstlerfreunden zu behängen, natürlich auch mit Bildern von mir selbst. Ich lasse mir Zeit, sie richtig zu platzieren, um jedes gut zur Geltung zu bringen. Den Holzschnitt, den Felixmüller von meinem Kopf gemacht hat, habe ich an die Tür neben meine ›Nachtwandlerin‹ gehängt. Felixmüllers Losung, die er in großen Lettern an die Wand über der Kommode gepinselt hat, bleibt stehen.

KUNST IST ABSOLUTION

*

Wenn ich die Haustür öffne und die ausgetretenen delligen Stufen hinaufsteige, wenn ich den Schlüssel ins Schloss stecke und ihn kräftig hin- und herruckeln muss, bevor die Tür sich öffnen lässt, habe ich das Gefühl, meinen Platz gefunden zu haben.

Von meinem kleinen Balkon aus schaue ich hinunter auf meine wunderbar verrufene Umgebung. Ich wohne jetzt dort, wo die armen und »verruchten« Leute leben, wo sich Arbeiterkneipen und Bordelle aneinanderreihen, wo Prostituierte in den Hauseingängen zum Straßenbild gehören wie Betrunkene, Bettler und Hausierer, wo auch Arbeiterfrauen ihren Körper verkaufen, weil der Lohn zum Leben nicht ausreicht. Es sind Menschen, die mich zu Bildern inspirieren, Menschen, die ich nicht geschönt malen will, sondern so, wie ich sie sehe und empfinde.

Ich will die Wahrheit malen!

Es gibt zu viele blinde Maler. Sie krakeln mit Stiften, sie panschen mit Farben und sehen doch nichts. Ich will das wahre Gesicht unter den Masken der Menschen enthüllen. Ich male, was mir das Leben zeigt.

*

Die zeichnerische Dressur hilft mir nicht mehr weiter. Ich verlasse die Grafikklasse. Ich kann von Professor Erler nichts mehr lernen, ich muss zu meinen eigenen Vorstellungen von Kunst gelangen. Ich will als freie Künstlerin leben. Alles, was ich tue, alles, was ich denke, hat dieses Ziel.

*

Dix, Griebel, Dietrich und viele andere Künstler gehen bei mir ein und aus. Dix wohnt um die Ecke in der Ziegelstraße. Ich gehöre jetzt der Dresdner Künstlerszene, den Sezessionisten und Dadaisten, an. Ich bin eine moderne Künstlerin! Wir malen Bilder und schreiben Gedichte, die die meisten Kunst- und Literaturliebhaber als unsinnige Schmiererei und Schwafelei abkanzeln.

Sonntagnachts ziehe ich mit Dix und Griebel durch die Straßen und montiere die Sonnenmarkisen der Geschäfte ab, weil wir wieder einmal kein Geld haben, um Leinwand zu kaufen. Ich gehe oft klauen. Wir alle stehlen wie die Raben. Griebel kann Geld aus Automaten herausholen.

Fast alle Männer waren im Krieg. Dietrich ist vom Militär freigekommen, indem er sich selbst in die Schulter schoss und danach auf eine Station für Nervenkranke eingewiesen wurde. Dix hatte sich als Freiwilliger zum Kriegsdienst gemeldet. Er war bei der Feldartillerie und MG-Schütze an der West- und Ostfront gewesen. Griebel wurde später eingezogen. Er traf Dix in Frankreich in den Gräben von Angres wieder. Sie überlebten das Kriegsgemetzel an der Somme. Sie können die Schreckensbilder nicht vergessen und bringen das Grauen auf die Leinwand; sie zeigen, was sie durchmachen mussten, malen Kriegskrüppel und Blutrünstiges, malen das Entsetzen.

Sie kämpfen als Spartakisten gegen jeglichen Krieg und für eine menschliche Welt. Auch ich besuche Versammlungen der Spartakisten. Seit die Noske-Regierung an der ›Dresdner Volkszeitung‹ auf die demonstrierenden Arbeiter geschossen und es viele Tote und Verletzte gegeben hat, seit Rosa Luxemburg und Karl Liebknecht ermordet worden sind, sind viele Künstler dem Spartakusbund beigetreten. Ich bin kein Mitglied, ich bin weder eine aufständische Proletarierin noch eine klassenbewusste Arbeiterin, und ich eigne mich nicht als Politikerin. Ich will nichts anderes als malen, eine solidarische, unabhängige Malerin sein.

Wir sind arm. Es stört mich nicht. Für meine Freunde habe ich immer einen Notgroschen und besorge das bittere Nachkriegsbrot, weißes Fett, etwas Zucker und den billigsten Wein, der zu bekommen ist.

Wir trinken, feiern, rezitieren Mehring, Trakl, Meyrink, Wedekind, Morgenstern, lesen dadaistische Texte und Gedichte.

Fifi ist verrückt geworden, Fifi will nur noch grüne Küken braten, Fifi, O Fifi soda, fifi, fifi, fifi,
dada dada dada, nichts nichts nichts.

Griebel springt vom Stuhl auf und verkündet:

»Ein Dadaist ist ein Mensch, der das Leben in allen seinen unübersehbaren Gestalten liebt, und der weiß und sagt: Nicht allein hier, sondern auch da, da, da ist das Leben! Wir werden dafür sorgen, dass auf dieser Erde künftig Menschen leben. Menschen, die ihren Geist in der Gewalt haben und mit diesem Geist die Menschheit neu schaffen.

Wahrheit, Brüderlichkeit, Kunst!

Es lebe die Weltrevolution!«

*

Griebel ist jetzt Mitglied der KPD. Er findet wieder einmal kein Ende mit seinen Reden und rezitiert aus der »Roten Fahne«. Wie immer trägt er seine sperrige Leinenjacke mit den doppelreihigen großen Hornknöpfen und die langen Schaftstiefel, die ihm bis zum Knie gehen. Die Pfeife hält er in der rechten Hand und schwingt sie beim Sprechen durch die Luft.

»Sieg des Proletariats ... nur der Kommunismus wird euch retten ... Die Sozialdemokraten sind die Verräter der Revolution ... Schluss mit diesem System ... hinab mit dem Geschmeiß ...«

Als Dix ihn anraunzt, er solle auch mal mit seiner Scheißpolitik aufhören, sich lieber auf den Arsch setzen und malen, fragt Griebel ihn, ob Dix' Bordellszenen etwa wichtiger seien, ob es Sinn mache, wie ein Berserker nur noch Lustmörder und Huren zu malen. Dix stürzt mit seinem roten Hemd, dem ölfarbenbeschmierten Soldatenrock und seinem löchrigen Künstlerhut auf Griebel zu, hält ihm seine aufklappbaren Bilder unter die Nase und zwingt ihn, seine säuischen Selbstbildnisse und Bordellszenen zu betrachten.

Griebel schubst ihn beiseite, entrollt seine Plakate, die er für die ›Internationale Arbeiterhilfe‹ entworfen hat, und hält sie ihm entgegen.

Wir trinken, bis die Flaschen leer sind, verqualmen das Zimmer und diskutieren bis in den frühen Morgen. Ich spreche wenig. Ich sitze im Geruch des Bienenwachses, der Farben und des Qualms, arbeite an meinen Batikentwürfen und genieße mein neues Leben.

*

Verkaufstag. Ich habe das Atelier in einen Laden verwandelt. In allen Ecken des Raumes sind Batiken drapiert: Vorhänge, Tücher, Hüte, Röcke, Kaffeekannenwärmer, Puppenkleider. Ein Meer von bunten Stoffen mit Blumenmustern und Figuren schmücken Wände, Stühle und Tische. Von der Zimmerdecke hängen Lampenschirme in allen Farben und Formen. Es sind wunderschöne Arbeiten, doch mein Herz hängt nicht daran. Ich stelle sie nur her, um Geld zu verdienen. Jede Mark bedeutet ein Stück Freiheit, meine eigene Malerei zu schaffen.

In den Stunden, in denen ich mich in meine Kunst vertiefe, sitze ich auf meinem Hocker und reagiere auf keine äußere Störung. Ich habe beim Malen die Angewohnheit, den Mund leicht geöffnet zu halten, er trocknet oft aus, und ich spüre das pelzige Gefühl am Gaumen. Ich schenke dem aufkommenden Durst keine Beachtung, meine Aufmerksamkeit ist allein auf das gerichtet, was auf dem Papier entsteht. Ich habe das Gefühl, als bewege sich meine Hand, ohne dass der Kopf sie beeinflusst, als wüsste die Hand, was auf der Leinwand entstehen soll. Ich vergesse die Zeit, arbeite abgeschottet von der Außenwelt. Leider kommt es nur selten vor, denn Bilder verkaufen sich schlecht.

*

Ein Blick aus dem Fenster. Der Vater und Hubert stehen unten auf der Straße. Hubert zieht an der Hand des Vaters und zeigt mit dem Finger auf mein Atelier.

Ich laufe auf den Balkon und winke ihnen von der Balustrade zu. Der Vater trägt seine tief in die Stirn gezogene Elbseglermütze, er wirft einen kurzen Blick in den ersten Stock. Ich stehe am Eisengitter mit dem Bild seiner wütenden Augen vor mir. Der Schatten des Mützenschirms lässt sie noch düsterer wirken.

Der Vater geht weiter, als hätte er mich nicht gesehen, er hat mein Atelier noch nie betreten. Er zerrt Hubert mit sich. Hubert dreht mir seinen Kopf zu und blickt mit traurigen Augen zu mir hinauf.

Hubert besucht mich gern. Er bewundert mich, auch wenn ich ihn anstrenge und er mich manchmal hasst, das glaube ich jedenfalls. Er beneidet mich um meinen Eigensinn. Er hat den Wunsch, so zu sein wie ich, dennoch spüre ich seine Distanz. Letztlich bleibe ich ihm fremd.

Ich zeige ihm, mutig zu sein, den eigenen Weg zu gehen. Hubert sehnt sich danach, frei zu sein. Es gelingt ihm nicht. Er ist anders. Er ist mein jüngerer, zurückhaltender Bruder, mit seinen acht Jahren eine fade, blasse Erscheinung.

Ich versuche, ihn zu Verrücktheiten anzustiften. Wenn ich in meinen Kostümen vor dem Spiegel stehe und Tanzposen übe, fordere ich ihn auf, mitzutanzen. Er weigert sich, obwohl er es gern probieren würde.

Was er auch tut, es ist gut für ihn, bei mir zu sein und

der Welt der Eltern für ein paar Stunden zu entkommen. Ich beschäftige ihn mit einfachen Arbeiten oder Zigarettendrehen. Manchmal darf er eine Zigarette rauchen. Oft schicke ich ihn in den Butterladen der Krauses unterhalb des Ateliers. Sein Kindergesicht erweicht die Kaufleute, mir einen weiteren Kredit zu geben und Milch und Käse anzuschreiben. Hubert muss auch den billigen Wein aus der spanischen Weinstube im Nachbarhaus besorgen.

Ich bemale seine Holzpantinen mit Blumen, nähe ihm Faschingskostüme und verziere seinen Schulranzen. Ich möchte ihn aufheitern. Hubert leidet darunter, dass die Eltern sich ständig über mich und meine »Kapriolen« aufregen. Er fürchtet den Zorn des Vaters.

Hubert lebt ein Schattendasein. Er erträgt die familiären Gefechte und Hänseleien in der Schule stillschweigend. Kein anderer Junge hat eine Schwester, die sich mit dem Vater prügelt, die Pfeife raucht, in klobigen Schuhen und in komischen Kleidern herumläuft mit einem Hut auf dem Kopf, den man nicht einmal einer Vogelscheuche aufsetzen würde. Keiner außer ihm hat eine Schwester, die sich Nikolaus nennt und ihre Bilder und Gedichte mit einem Männernamen signiert.

Inzwischen habe ich mich für den Namen Elfriede entschieden. Die Familie nennt mich weiterhin Frieda.

*

Dix hat einen neuen Künstler mitgebracht. Er trägt noch seine Uniform.

»Kurt Lohse«, ruft Dix, »er ist gerade erst aus dem Krieg zurückgekommen.«

Sie seien schon lange befreundet, sagt Dix, und vor dem Krieg ein Jahr lang durch Italien gewandert.

Lohse ist weder schön noch attraktiv mit seinem Mausgesicht, den schmalen Lippen und kleinen runden Augen, die durch die stählerne Nickelbrille stechen. Die rotblonden Haare hat er mit Pomade eingerieben und streng nach hinten frisiert, was unvorteilhaft seine hohe Stirn betont. Seine stark gerötete Hautfarbe gleicht einem gekochten Schinken, und die Ohren, die von seinem Kopf abstehen, geben ihm eine komische Note.

Dennoch umgibt ihn ein besonderer Zauber. Ich sehe ihn an, als würde ich ihn schon lange kennen, und er erwidert meine Empfindung mit einem Blick, der mich aufsaugt und von innen aufwühlt, der mich berührt und schwindlig macht, der mich einhüllt, mein Herz schneller schlagen lässt und mir die Gewissheit gibt, dass dieser Mann eine große Rolle in meinem Leben spielen wird.

Lohse hat ein Grammophon mitgebracht. Er stellt den Apparat auf die Kommode, zieht eine Platte aus seinem Beutel und legt Caruso auf. Er versucht, die Tenorarien mitzusingen, obwohl er eine Bassstimme hat, was ihm unter dem Gejohle der Freunde nicht schlecht gelingt. Lohse studiert neben der Kunst auch klassischen Gesang.

*

Die Freunde sind nach Hause gegangen. Lohse ist geblieben.

Stunden ohne Worte
Stunden der Lust
Lebenslust
Funkenflug in unseren Herzen

*

Er kommt jetzt täglich ins Atelier und verbringt jede Nacht bei mir. Es sind leidenschaftliche Nächte. Wir lieben uns frei und ungestüm, es gibt nichts Schöneres, als mich diesem Gefühl der Auflösung hinzugeben und mich darin zu verlieren. Aber das ist nicht alles! Er streicht mit seiner Hand über meinen Körper und sagt, ich sei für ihn das Allerwichtigste auf der Welt.

Wir lieben uns! Es ist Liebe!

*

Wir sind ständig beisammen. Je vertrauter wir uns werden, desto intensiver sind die Stunden, die wir miteinander verbringen.

Die Freunde nennen uns inzwischen nur noch Laus und Lohse. Auch für Lohse bin ich die Laus, und ich nenne Lohse ausschließlich Lohse.

Ich bin atemlos vor Freude. Die Wochen vergehen im Rausch. Wir kümmern uns nicht um die Weltlage, wir liegen unzertrennlich ineinander verschmolzen in unserem zerwühlten Bett und erkunden jeden Winkel unserer Liebe. Es fällt mir schwer, aufzustehen und mit der Arbeit zu beginnen.

Aber das Geldverdienen lässt sich nicht aufhalten, und auch meine Kunst fehlt mir.

Lohse kümmert das Geld nicht. Wenn er nichts hat, macht er Schulden. Auch zur Kunst hat er ein anderes Verhältnis als ich. Er ist kein Getriebener, ihn drängt es nicht zu schaffen.

*

Ich stelle ein Stillleben aus Küchenutensilien zusammen. Brauner Tonkrug mit Kochlöffeln auf kariertem Grubentuch, weiße Emailleschüssel mit Kartoffeln und Möhren gefüllt.

»Los, lass uns anfangen«, rufe ich.

Wir stehen Seite an Seite. Die Stifte kratzen über das Papier.

Ich schiele zu Lohse hinüber, beobachte neugierig, wie er arbeitet. Wie führt er den Stift? Wie teilt er das Bild auf, welche Farben benutzt er, wie mischt er sie?

Auch Lohse äugt zu mir herüber. Schließlich vertiefen wir uns in unsere eigene Skizze.

Ich bin zuerst fertig. Lohse schaut auf mein Bild, verzieht das Gesicht. Bevor er etwas sagt, beendet er seine Skizze.

»Laus, das ist Mist«, sagt er. »Du hast dich überhaupt nicht an die Vorlage gehalten.«

Ich schaue auf sein Bild.

»Und du hast es eins zu eins abgebildet. Eintöniger geht es nicht. Das ist öde, Lohse, und hat nichts mit moderner Kunst zu tun. Das ist altbacken. Es ist nur eine Handwerksstudie. Ich erkenne dich nicht darin. Nicht ein Gefühl kommt mir entgegen, das Bild ist leer, es hat keinerlei Aussage.«

»Du musst es ja wissen, Gefühl, Gefühl, lern erst einmal anständig zu zeichnen, bevor du meine Bilder deutelst.«

Wir werden immer lauter, beschimpfen uns, stampfen mit den Füßen auf, drohen mit den Fäusten, bis wir in Lachen ausbrechen und uns in die Arme fallen.

Die beiden Skizzen werfen wir in den Papierkorb.

*

Lohse ist ein Mann, der mich und meine Kunst ernst nimmt. Er sagt, ich hätte das Zeug zu einer großen Künstlerin. Wenn ich aber ständig Komplimente von ihm erwarten würde, solle ich zu einem anderen gehen.

*

Gauklerfest in der Kunstakademie. Die Mensa ist mit Studenten überfüllt. Wir sind alle kostümiert, ich trage schwarze Strümpfe, weite weiße Unterhosen, die bis zum Knie gehen, ein schwarzes Hemd, über das ich eine Häkelstola geschwungen habe. Mein Kopf ist mit einem Barett bedeckt. Lohse sitzt neben mir in einem dunkelblauen Bademantel. Er dreht mir sein Gesicht zu, verliebt, schmachtend.

Lachen.

Lebensfreude.

Das Glück leuchtet in unseren Gesichtern.

Die Freunde umringen uns. Unter Akkordeonklängen schwingt Griebel seinen Napoleon-Degen. Neben mir irrlichtert Dix als Mephisto mit pechschwarz bemaltem Gesicht und schwarzem Umhang. Er versucht, mich zu fassen. Ich schiebe ihn mit meiner gespreizten Rotnagelhand beiseite.

Das Akkordeon schmettert einen Walzer. Lohse fordert mich zum Tanzen auf, ich ziere mich, ich kann nur frei nach selbsterdachten Bewegungen tanzen. Er zieht mich zur Tanzfläche, meine Beine verknoten sich, ich verstehe den Rhythmus, die Schritte nicht, trete Lohse auf den Fuß; er lacht, hebt mich in die Höhe und tanzt die Schrittfolge allein, ich drehe und wirbele mit ihm durch den Saal, bis mir schwindelig wird.

*

Lohse hat große Pläne und Projekte im Kopf, er spricht gern darüber mit mir. Er nimmt die Brille ab, gestikuliert mit dem Gestell, redet über seine Vorhaben und Möglichkeiten. Ich mag diese wilden Reden, aber Lohse ist träge und kann sich selten zu etwas aufraffen, und so bleiben seine großspurigen Ideen Spinnereien, die bald vergessen sind. Meist liegt er auf dem Chaiselongue herum, qualmt eine Zigarette nach der anderen und bläst Rauchringe in die Luft. Er malt selten und hat nie Geld. Ich werde die Letzte sein, die ihm vorhält, dass er die preußische Arbeitsmoral nicht verinnerlicht hat.

Er hat sich angewöhnt, etwas von dem Geld, das ich mit meinen Batiken verdiene, zu nehmen, ohne mich zu fragen. Ich mache ihm keinen Vorwurf wegen seiner dauernden Ebbe im Portemonnaie, aber er könnte mich wenigstens fragen, wenn er an meine Kasse geht.

*

Er fühlt sich mir überlegen, ich weiß nicht, warum. Glaubt er, er sei der bessere Künstler, weil er Student der Kunstakademie ist? Manchmal lobt er mich, aber das Lob klingt so, als würde der Meister zu seinem Schüler sprechen.

Wenn er schlechte Laune hat und mit sich selbst unzufrieden ist, macht er meine Bilder nieder.

»Deine Bilder stecken voller Mängel, solche Bilder will doch niemand, warum malst du nicht anders, vor allem professioneller, die Bilder sind nichts. Warum benutzt du so oft Pastellkreiden, das ist etwas für Anfänger, nicht für Kunstmaler. Vielleicht wärst du doch besser beim Batiken und beim Kunsthandwerk geblieben.«

Ich werfe ihm einen Kreidestift an den Kopf und rufe: »Es ist immer noch besser, etwas zu probieren, als angefangene Bilder nicht zu Ende zu malen und sie als Malgründe an die Freunde zu verscherbeln, wie du es dauernd tust. Warum malst du deine Arbeiten nicht zu Ende, wenn du so genau weißt, was Kunst ist? Bilde dir bloß nicht ein, etwas von Kunst zu verstehen, nur, weil du ein paar Pinselstriche wagst.«

Ich kann nicht aufhören, ihn zu beschimpfen, ich will ihn kränken, damit er seine arrogante Überheblichkeit fallen lässt.

»Du bist weder ehrgeizig noch erfolgreich, weder in der Kunst noch im Gesang, also hör auf, mich zu bewerten, denn du bist es, der nichts von der wahren Kunst versteht, weil du nicht einmal spürst, was es bedeutet, ein Künstler zu sein.«

Lohse springt auf und stürzt auf mich zu.

Wir prügeln aufeinander ein, bis wir blaue Flecken bekommen, streiten, bis die Krause von unten heraufkommt und ruft, wir sollten endlich Ruhe geben, wir würden ihr die Kunden verschrecken.

*

Ich frage mich, warum ich bei dem Mann, den ich liebe, in eine ähnliche Situation gerate wie mit dem Vater, obwohl Lohse sich so sehr von ihm unterscheidet.

Lohse kümmert die Zukunft nicht, er pfeift auf Sicherheiten und lebt von einem Tag auf den anderen. Ich bewundere diese Sorglosigkeit und sein unstetes, eigenwilliges Leben. So verschieden wir auch sind, es vereint uns der Wunsch, aus dem Raster der Bürgerlichkeit auszubrechen. Wir lieben uns, trotz der Schläge, die ich einstecke und austeile.

Unser Streit löst sich immer wieder auf, ich arbeite weiter und Lohse repariert mit dem Marmeladenmesser das Grammophon, als wäre nichts gewesen.

*

Schöne Wochen. Ich bin oft in Lohses Wohnung in der Zeughausstraße am Elbberg. Wir arbeiten gemeinsam und kritisieren unsere Bilder. Ich habe eine eigene Malecke neben der seinen. Den meisten Platz nimmt sein Klavier ein, an dem er seine Gesangsübungen macht und seine Partituren studiert. Wenn ich meinen Wachskocher für das Batiken mitbringe, muss ich ihn weit vom Klavier aufstellen, damit es nicht beschädigt wird, falls ein Malheur passiert.

Wir haben gefeiert. Ich beseitige die vollen Aschenbecher, wasche Gläser und Teller ab. Lohse ist das nicht wichtig. Also räume ich auf, denn ich brauche freie und saubere Flächen zum Arbeiten. Es macht mir nichts aus.

Lohses Zimmer ist ansonsten nicht verwahrlost. Die meisten Ateliers der Männer sind Dreckbuden. Wenn ihnen der Schmutz um sie herum zu viel wird, lassen sie ihre Modelle, die sie schlecht bezahlen und mit denen sie fast immer ins Bett gehen, auch noch putzen. Lohse ist nicht so.

Es ist entschieden. Ich ziehe zu Lohse. Mein Atelier überlasse ich Griebel. Er wohnt seit Kriegsende bei den Eltern und möchte sich sein eigenes Leben aufbauen. Und ich muss die Miete nicht mehr aufbringen.

Mir gefällt das Leben mit Lohse. Er nimmt mich und meine Kunst ernst. Ich bin glücklich in seiner Nähe. Ich meine nicht das profane Glück, in dem die Langeweile lebt. Das profane Glück ist ebenso fade wie glatte Gesichter, hinter denen innerlich leere Menschen wohnen.

*

Das Wichtigste ist gepackt. Ich schleiche mich nachts fort, damit die Butter-Krauses nicht aus dem Geschäft stürzen und von mir verlangen, meine Schulden zu begleichen.

*

Griebel wohnt seit kurzer Zeit im Atelier in der Rietschelstraße. Ich komme am späten Abend, um einige Möbel, die ich noch dort gelassen habe, abzuholen. Er öffnet die Tür. Ich schaue mich um. Die Kiste, die Stühle, das Regal, der kleine runde Tisch sind nicht mehr da. Ich beschuldige Griebel, die Möbel verkauft zu haben. Er behauptet, Lohse hätte alles abgeholt und versetzt.

Ich glaube ihm. Lohse verkauft alles, was ihm unter die Finger kommt, ob es Bücher, Kleidungsstücke, Möbel, Leinwände oder auch Bilder von mir sind.

*

Die Freunde fragen mich, warum ich mein Atelier aufgegeben habe und mich an Lohse binde, obwohl wir uns streiten und prügeln und es offensichtlich ist, dass er mich ausnutzt und durch seine Bemerkungen verletzt.

Griebel sagt, wir passen nicht zusammen, und Dix warnt mich immer wieder davor, wie verwöhnt und skrupellos Lohse ist.

»Du weißt, Laus, ich bin sein Freund, und dennoch ist es so.«

Warum bedeutet Lohse mir so viel? Ich kann es nicht sagen. Kann man Liebe erklären? Wer weiß denn schon, warum er liebt? Heißt Liebe nicht, nicht Bescheid zu wissen über das, was wirklich geschieht? Und ist nicht jede leidenschaftliche Liebe Selbstaufgabe?

Unsere Liebe besteht nicht nur aus Zärtlichkeit, Verständnis, Kuschelei. Unsere Liebe schlägt gefährliche Flammen. Warum prügeln wir uns? Vielleicht, weil jeder von uns etwas anderes vom anderen erwartet und wünscht, aber niemand von uns es ausdrücken und erfüllen kann. Vielleicht prügeln wir unsere Enttäuschung übereinander aus uns heraus, vielleicht sind wir beide gefangen in unserer Illusion voneinander, vielleicht liebe ich nur die Vorstellung, die ich von Lohse habe. Für mich ist er ein Mann ohne Maske, er tut nichts zum Schein, er täuscht mich nicht, Lohses Egozentrik ist unverhüllt, er macht mir nichts vor, er lebt wie ich Wahrhaftigkeit im Guten wie im Bösen. Wir streiten, wir lieben, wir lachen, wir weinen. So sehe ich es. Ich liebe ihn, liebe seine Art, zu singen, höre gern seinen Geschichten zu, diskutiere mit ihm über die Bilder der Meister. Und dann sind da diese Momente, in denen er mich anhimmelt und begehrt.

Wir teilen das Gute und das Schlechte miteinander.

Manchmal habe ich Augenblicke der Klarheit, die mir sagen, dass etwas schiefläuft. Ich decke sie immer wieder zu, weil ich sie nicht wahrhaben will oder sie nicht in mein Bild und meine Wünsche passen.

*

Es schneit dicke feuchte Flocken, die an den Mänteln und Hüten kleben bleiben. Wir stapfen durch den Schnee Richtung Gewerbehaus. Bei jedem Schritt knirscht es laut unter unseren Sohlen. Wir lachen und bewerfen uns mit Schneebällen. Schon jetzt sind wir in ausgelassener Stimmung und freuen uns auf die Veranstaltung. Im Saal der Kaufmannschaft findet eine dadaistische Soiree mit Johannes Baader, Raoul Hausmann und weiteren Künstlern statt.

Wir sind gerade noch eingelassen worden, bevor der Saal wegen Überfüllung von der Polizei geschlossen wurde. Wir klopfen unsere schneebedeckten Mäntel und Hüte ab, finden auf der anderen Seite des Zuschauerraums noch Randplätze in den hinteren Reihen. Die feuchtstickige Luft riecht nach schwitzenden Körpern und Tabak. Stimmen schallen durch den Saal. Wir studieren den Programmzettel, bis das Licht im Zuschauerraum ausgeschaltet wird und die Bühnenscheinwerfer aufleuchten.

Richard Huelsenbeck tritt auf.

Applaus ertönt von seinen Anhängern.

Huelsenbeck klemmt sich sein Monokel vor das rechte Auge und verliest das ›Dadaistische Manifest‹.

»... Die besten und unerhörtesten Künstler werden diejenigen sein, die stündlich die Fetzen ihres Leibes aus dem Wirrsal der Lebenskatarakte zusammenreißen, verbissen in den Intellekt der Zeit, blutend an Händen und Herzen.

Hat der Expressionismus unsere Erwartungen auf eine solche Kunst erfüllt, die eine Ballotage unserer vitalsten Angelegenheiten ist?

Nein! Nein! Nein!

Haben die Expressionisten unsere Erwartungen auf eine Kunst erfüllt, die uns die Essenz des Lebens ins Fleisch brennt?

Nein! Nein! Nein!

DADA!!!!«

Im Publikum gibt es die ersten Buh-Rufe und Beschimpfungen.

Huelsenbeck lässt sich nicht stören. Er schreit gegen den wachsenden Lärm an.

Baader stürzt mit dicker Zigarre im Mund auf die Bühne und läuft schweigend auf und ab.

Kindertrompeten tröten aus der Menge heraus.

Hausmann kommt hinzu und trägt das Gedicht »Das Messer« vor.

Er brüllt von der Bühne herunter:

»Die gesamte bisherige deutsche Literatur ist nutzlos. Alles von Goethe bis Hasenclever gehört ins Klosett. Widerstand gegen den Geist von Weimar als Sieg des Spießbürgertums, gegen den Geist von Schiller und Goethe!«

Der Tumult wird immer größer.

Ein Student schreit: »Volk Goethes – und das lässt du dir gefallen?«

Die Zuhörer stürmen die Bühne. Es kommt zu einer Prügelei zwischen Publikum und Vortragenden. Der ganze Saal tobt, Stühle krachen entzwei. »Polizei, Polizei«, hallt es durch den Raum.

Hausmann röhrt wie ein Gorilla. Baader steht mit schweißglänzender hoher Stirn und aus dem Mund blutend auf der Bühne und ruft in ein Muschelhorn: »Meine Herrschaften, dieses ist die große Schlussnummer unserer Attraktion: Dada als Tierbändiger!«

Die Polizei stürmt den Saal. Die Künstler müssen vor den Beamten fliehen. Lohse und ich empfangen sie am Hinterausgang. Wir verhelfen ihnen zur Flucht und verstecken sie in unserer Wohnung.

Laus und Lohse sind unzertrennlich!

Am frühen Morgen schleichen wir uns zu den Aushängekästen der Zeitungen, öffnen die Fensterschlösser mit einem Dietrich und wechseln die Schmähartikel über die Dada-Veranstaltung gegen dadaistische Pamphlete aus:

Manifest Morgenröte

Man muss sich von allem befreien, was man schon kennt.
Was man kennt, war gestern.
Man muss das Heute schon und das Morgen ahnen
Was sein wird, ist nötig, was ist, wird unnütz.
Gestern war, ist vorbei.
Heute ist gerade noch, wird vergehen.
Morgen ist die Gegenwart des Jetzt.
Da-Sein ist: Morgen verwirklichen.
Das neue, große Morgen ist unser Material heute.

(Raoul Hausmann)

Dada ist wie Euere Hoffnungen: nichts
wie Euer Paradies: nichts
wie Euere Idole: nichts
wie Euere politischen Führer: nichts
wie Euere Helden: nichts
wie Euere Künstler: nichts
wie Euere Religionen: nichts

(Francis Picaba)

*

Der Kapp-Putsch ist ausgebrochen. Die Brigade Ehrhardt hat das Regierungsviertel in Berlin besetzt, die Reichsregierung ist geflohen, der Generalstreik ausgerufen.

In Dresden versammeln wir uns zu Demonstrationen auf dem Wiener Platz. Die Kommunisten fordern einen bewaffneten Widerstand gegen die Putschisten. Es kommt zu Ausschreitungen.

Ich muss mit einer Kopfverletzung nach Hause laufen und mich verbinden. Danach gehe ich wieder auf die Straße.

*

Der Putsch ist schon nach zwei Tagen niedergeschlagen. Die Ebert-Regierung kehrt wieder nach Berlin zurück.

Wir hocken mit unseren Blessuren in der spanischen Weinstube und diskutieren das Erlebte. Griebel ging mit einem Bücherbrett für sein Atelier unterm Arm die Hauptstraße entlang, als er plötzlich einen Panzerwagen, der Richtung Altstadt fuhr, sah. Griebel folgte ihm. Der Panzer fuhr zum Sophienplatz und feuerte in die versammelte Menge. Griebel musste mitansehen, wie die ersten Menschen zusammenbrachen. Einige Genossen griffen den Panzerwagen mit Gewehren und Handgranaten an.

Es gab viele Tote und Verwundete. Griebel konnte gerade noch vor der heranziehenden Reichswehr fliehen.

Einige Schüsse durchlöcherten Rubens »Bathseba im Bade«. Kokoschka sagt, wenn man schon schießen wolle, dann solle man das woanders tun als in der Nähe der Galerie und ihrer unersetzlichen Kunstwerke.

Griebel regt sich über sein unpolitisches Gerede auf. Fast wäre er Kokoschka an den Hals gesprungen, aber Kokoschka hat mildernde Umstände. Er trauert immer noch seiner Alma Mahler nach, die sich für Werfel entschieden hat. Kokoschka hat sich eine lebensgroße Puppe anfertigen lassen, die Alma haargenau gleicht. Sie sitzt bei ihm auf dem Sofa, hinter dem runden Tisch, sie hat kastanienbraunes Haar und trägt einen blauen Mantel um die Schulter. Er fährt auch mit ihr aus und geht mit der Puppe zusammen ins Theater.

*

Hubert fährt mit den Essenstöpfen von der Mutter bis zum Amalienplatz und steigt die fünf Stockwerke zu unserem Atelier hinauf. Er bleibt oft bei uns, um seine Hausaufgaben zu machen oder um einfach bei mir zu sein. Huberts Anwesenheit stört Lohse, er beschimpft ihn wegen jeder Kleinigkeit. Er setzt sich demonstrativ ans Klavier und verlangt, Hubert solle verschwinden, er müsse Gesangsübungen machen und seine Lieder einstudieren. Ich mische mich nicht ein, denn Hubert muss endlich lernen, sich durchzusetzen.

Hubert geht zum Küchenschrank und kommt mit einer braunen Tüte zurück.

Er hat das Gesicht eines Jungen, bei dem Wutausbrüche im Keim ersticken und der Zorn sich in jede Pore hineingefressen hat. In seiner stillen Wut lässt er vor den Augen Lohses Zucker auf den grünen Teppich rieseln. Beinahe hätte er dabei auch den Wachskocher umgestoßen. Lohse prescht auf ihn zu und jagt Hubert aus der Wohnung.

Ich schüttele mich vor Lachen.

Mir ist bewusst, wie sehr Hubert auch Opfer meiner Launen ist. Ich gebe ihm Befehle und warte ungeduldig auf die Ausführung. Geht es mir nicht schnell genug, fahre ich ihn an und beschimpfe ihn. Stört er mich bei der Arbeit, rufe ich, er solle die Schnauze halten, hängt er wie eine Klette an mir, werfe ich ihn hinaus.

Trotz allem sucht Hubert immer meine Nähe. Auch in der Voglerstraße hielt er sich am liebsten in meinem Zimmer auf. Alle Regale und Schränke waren gefüllt mit Malvorlagen für Stillleben, mit alten Schuhen, seltsamen Gefäßen, Steinen in allen Formen, auch ein Totenschädel lag in der Vitrine.

Mein Malzimmer bedeutete für Hubert Abenteuer.

Mehrmals versuchte ich, Hubert das Zeichnen zu lehren. Schon nach ein paar Strichen, die er ungeschickt auf das Papier kritzelte, verlor ich die Geduld, weil ich seine Untalentiertheit erkannte. Als er heimlich ein paar Striche auf ein Ölbild malte, das ich in Arbeit hatte, und ich es am Abend bemerkte, bewarf ich ihn mit einem Pinsel und rannte wütend auf ihn zu. Hubert verbarrikadierte sich auf dem Dachboden. Ich hämmerte an die Holztür, ich hörte nicht auf damit.

An diesem Tag schlug der Vater mir mein erstes blaues Auge. –

Meine Augen. Meine großen ernsten Kinderaugen. Ich lachte weder in der Kinderkarre, noch an der Hand der Eltern, noch mit der Schultüte im Arm. Ich lachte nicht einmal, als ich ein Huhn im Arm hielt oder einen Hund an der Leine führte, obwohl ich Tiere über alles liebe.

Ich sehe mich mit Geige und Bogen im Arm. Ich trage ein weißes, leichtes Sommerkleid, unter dessen Saum schwarze Kniestrümpfe und Riemchenschuhe hervorragen. Mein blondes Haar ist nach hinten zusammengebunden und betont mein rundes Gesicht, aus dem meine Augen still und ernsthaft ins Weite schauen,

fort von dem Ort, an dem ich war.

*

Ich habe wenig Zeit, ich muss Geld verdienen. Ich batike, spanne weiße Bettlaken an die Wand, zeichne meine Entwürfe mit einem Kohlestift auf den Stoff. Lohse tut für mich so gut wie nichts und fühlt sich auch nicht verpflichtet, etwas für mich zu tun. Lohse hilft nur, wenn er Lust dazu hat, das Wachs zu verteilen. In den seltenen Momenten erledigt er seine Arbeit in einer Haltung, als würde er mir die größte Gnade erweisen.

*

Lohse singt im Residenztheater hin und wieder Bassrollen für ein ärmliches Honorar, das heißt, er lebt weiterhin von meinen Einkünften.

Streit. Streit. Streit. Wir brüllen uns an, beschimpfen uns mit allen derben Schimpfworten, die uns einfallen, bohren in unseren empfindlichsten Stellen, ballen die Fäuste.

Allen Freunden ist es ein Rätsel, dass wir heiraten wollen. Vielleicht ist es unsere Form der Liebe ohne Verlogenheiten zu kämpfen und sich wieder zu versöhnen, sich zu vertragen mit leidenschaftlichen Küssen und unvergesslichen Stunden im Bett. Was weiß man schon über sich selbst?

Nicht nur die Freunde, auch der Vater hält Lohse für einen Nichtsnutz und Schmarotzer, er akzeptiert ihn als Schwiegersohn ebenso wenig wie mein freies Leben samt meiner Dichter- und Malerfreunde mit ihren Freundinnen, die er für Nutten hält.

*

Wir haben auf dem Standesamt in Dresden mit Paul Cassel und Richard Naumann als Trauzeugen geheiratet. Damit der Vater sich nicht in unsere Heiratspläne einmischt, informiere ich die Eltern erst nach der Trauung.

Mit verhärmten Gesichtern nehmen sie meine Heirat zur Kenntnis. Die Mutter hätte mich sicher gern in einem weißen Hochzeitskleid gesehen mit einem Prinzen zum Gemahl, der mich auf Händen trägt. Es sind ihre eigenen Wünsche, die sich nie verwirklicht haben mit dem Mann, der mein Vater ist.

»Ich werde Dich mit Deiner Genehmigung von gestern ab als meine Braut begrüßen und mein ganzes Wollen und Können darein setzen, mir jederzeit Deine volle Achtung und Liebe gesteigert zu erringen und zu erhalten. Bei dieser Gelegenheit will ich aber nicht versäumen, Dir meine gerechten Anforderungen an ein glückliches Zusammenleben mit den kurzen und bündigen Worten bekannt zu geben: Gottes Gnade, gesunder Leib, fromme Kinder, ein züchtig Weib, ein Gut Gewissen und bar Geld, das ist das beste auf der Welt«,

schrieb der Vater ihr einen Tag nach der Verlobung und bat sie um eine Bestätigung dieser Grundsätze für ihre »Verbindung«.

Die Mutter hatte mir den Brief gezeigt.

»Warum hast du ihn geheiratet?«, frage ich die Mutter.

»Ich war doch nur ein Dienstmädchen – ich war ja auch verliebt – und schon schwanger mit dir.«

*

Nach unserer Trauung fahren wir sogleich nach Wehlen. Lohse hat das alte Werkleiterhaus in den Schreckenbachschen Steinbrüchen gemietet. Es ist ein altes Steinhaus mit einem großen Holzschuppen und einem leerstehenden Maschinenhaus, das wir als Atelier nutzen. Das Haus liegt sehr abgeschieden in einem halb verfallenen Steinbruch, vom Ortskern aus ist es nur durch eine halbstündige Wanderung erreichbar.

Wir schlängeln uns in Serpentinen in die Höhe, steigen über Treppen und Leitern, bis wir vor dem Eingang stehen.

Wir blicken über den Ort und den Elblauf, es ist eine Aussicht, die in mir das Gefühl einer unbegrenzten Freiheit aufkommen lässt, eine Freiheit, die sich in meiner Arbeit niederschlagen wird. Ich habe hier oben zum ersten Mal viel Platz für meine Kunst, der Steinbruch inspiriert mich zu bildhauern. Ich will aus den herumliegenden Sandsteinblöcken Büsten meißeln und sie vor die Eingangstür stellen.

*

Viele Freunde kommen zu Besuch. Wir hocken draußen auf der Terrasse oder auf den Steinen herum, genießen das Leben und feiern. Besonders oft ist Paul Cassel zu Gast. Er hat das alte Schmiedehaus ein Stückchen weiter oben gemietet. Sein Hund, eine flauschige Promenadenmischung mit großen treuen Augen, ist für Hubert das schönste Ferienerlebnis. Die beiden haben sich angefreundet und sind unzertrennlich.

*

Die Eltern wagen im Sommer den Weg in den Steinbruch. Hubert hat sie überredet.

Es ist ein wunderbarer warmer Spätsommertag. Die Spinnenweben glitzern taubenetzt in der Morgensonne, die Luft ist glasklar und der Himmel mit kleinen milchigen Schönwetterwolken betupft. Ich laufe über die Wiese und pflücke Wildblumen und Gräser, ich möchte die Eltern freundlich empfangen. Ich wähle für den Strauß einen alten Tonkrug, fülle ihn mit Wasser und stelle die Blumen hinein. Ich trage unseren alten Holztisch mit den vielen Kerben und eingebrannten Topfringen auf die Terrasse, lege eine schöne Decke auf, drapiere den Blumenstrauß darauf, suche Teller und Tassen, die noch nicht angestoßen sind, zusammen und sorge für Kaffee und Kuchen. Für Hubert habe ich Apfelsaft von einem Bauern aus dem Dorf besorgt.

Lohse lässt sich nicht blicken. Er hat am Vorabend Vorstellung gehabt und schläft bis zum Mittag.

Der Mutter ist der Aufstieg schwergefallen. Sie kommt schnaufend auf die Terrasse zu und schnappt nach Luft. Der Vater steht steif wie ein Brett neben ihr. Lohse schlendert aus dem Haus, er hat seinen Anzug angezogen und eine Krawatte umgebunden.

Wir begrüßen die Eltern so herzlich es uns möglich ist.

Der Vater schaut sich missbilligend um, als wolle er sagen, in welcher Bruchbude ich wohnen würde, und er sich für das Leben seiner Tochter wahrlich etwas anderes vorgestellt hätte. Hubert rettet die Situation, er führt die Eltern durch unser Reich, als wäre es ein Palast aus tausendundeiner Nacht.

Wir setzen uns an den Terrassentisch. Die Mutter mustert das Geschirr. Es ist zwar heil, aber ein buntes Sammelsurium aus den Beständen der Kneipen und Restaurants, bei denen wir es haben mitgehen lassen.

Sie lobt den schönen Blumenstrauß.

Ich schenke echten Kaffee ein. Ein kurzes Aufblitzen in Vaters versteinerter Miene. Wir sprechen über das schöne Wetter und die schöne Landschaft. Ein anderes Thema wagt niemand anzuschlagen.

Ich habe Kirschstreuselkuchen gebacken.

»Schmeckt euch der Kuchen?«

»Ausgezeichnet, Frieda«, sagt die Mutter. »Du musst mir das Rezept verraten.«

Ich teile jedem noch ein Stück aus. Hubert verschlingt es, nimmt seinen Krümelteller und läuft zu den Hühnern, Gänsen und Enten, die ich angeschafft habe. Der Vater will ihn zurückhalten, aber ich bin die Hausherrin und lasse Hubert gehen. Lohse nutzt die Gelegenheit und folgt ihm.

Betretenes Beieinanderhocken.

Ich halte es nicht mehr aus und rufe zu einem Spaziergang auf. Die Mutter ist verhalten. Ich verspreche ihr, einen einfachen Weg zu wählen.

Wir brechen auf und gehen den Pfad entlang. Die Stimmung ist frostig. Mir schießen die Sonntagsausflüge ins Gedächtnis, die ich als Kind mit den Eltern zusammen unternommen habe. Es waren schöne Stunden mit Picknick im Wald oder an der Elbe. Sie lassen sich nicht wieder beleben. Die Eltern verstehen meine Welt nicht und Lohse flattert als rotes Tuch in ihren Köpfen.

*

Ich bin trotz aller Schwierigkeiten glücklich. Ich arbeite, so viel ich kann, und freue mich, in der Natur zu leben. Ich habe einen Gemüsegarten angelegt. Die Erde haben wir von oben aus dem Wald geholt und auf den Steinen verteilt.

Ich wühle in der duftenden Erde, ziehe Rillen und Furchen und säe Radieschen, Möhren, Gurken, anderes Gemüse und Blumen. Jeden Morgen laufe ich zum Beet, gieße und schaue, wie alles gedeiht. Die Vogelscheuche, die ich mit Hubert gebaut habe, hält Wache. Sie trägt den alten Unterrock der Mutter und als Arme zwei Ketten aus Konservendosen, die im Wind scheppern. Der Kopf besteht aus einem alten rostigen Eimer aus dem Steinbruch. Ich habe Löcher für Augen und Mund hineingebohrt.

Jeden Tag versorge ich das Federvieh. Ich habe allen Tieren Namen gegeben und trage diejenigen, die es sich gefallen lassen, auf dem Arm herum. Die Hühner haben einen Stall im oberen Holzschuppen, den sie über eine schmale Leiter erreichen. Die Enten und Gänse sperre ich nachts in ein kleines Drahtzaungehege.

Wenn kein Geld für Futter da ist, trage ich das Geflügel in Kiepen den Hang hinauf, dorthin, wo die Wiesen und der Wald an die Böschung des Steinbruchs grenzen und die Tiere sich selbst Futter suchen können. Irgendwann müssen sie den Weg selbst finden.

Das Leben ist noch ärmlicher und anstrengender als in der Stadt, Wasser holen wir aus einer Quelle, das Kaminholz fällen wir in dem an den Steinbruch angrenzenden verwilderten Wald, wenn die Arbeiter Feierabend gemacht haben. Birken und Kiefern gibt es reichlich.

Wir haben wie immer kaum Geld. Wenn Hubert in den Ferien kommt, fehlt es an allem. An Tagen, an denen Lohse und ich nach Dresden fahren und ihn allein zurücklassen mit Arbeitsaufträgen wie Lithografien zu kolorieren oder die Tiere zu versorgen, muss er sich von dem, was er finden kann, ernähren, er isst Zucker und trockene Haferflocken oder einen Kanten Brot mit der letzten Margarine. Gemüse gibt es nicht. Der ganze Garten ist abgebrochen und den Abhang hinuntergerutscht.

Trotz unseres kargen Lebens möchte ich, dass Hubert jede Ferien in Wehlen verbringt. Er kann hier frei sein. Er darf im Präsidentenzimmer, dem schönsten Raum des Hauses mit dem grünen Kachelofen und dem großen Korbsessel, übernachten, und ich erlaube ihm, ohne Aufsicht in den Steinbrüchen herumzustromern.

In mondlosen Nächten ziehe ich mit Hubert zum Kartoffelklauen. Er hat Angst vor den Schrotflinten und Hunden der Feldwachen. Mir ist seine Furcht egal, ich befehle ihm, mir zu folgen und die Kartoffeln auszubuddeln, bis die Rucksäcke gefüllt sind, erst dann darf er auf allen vieren ins sichere Unterholz kriechen.

*

Ich arbeite von Monat zu Monat härter, um das nötige Geld zum Leben zu verdienen. Lohse fährt oft nach Dresden wegen seines Theaterengagements, aber er bringt das Geld, das er verdient, nicht mit zurück. Er gibt alles aus, macht nach wie vor Schulden und leiht sich erneut Geld, er bettelt auch mich an. Ich gebe ihm nichts, sage, ich hätte nichts übrig, er bekäme keine Mark, er wisse genau, wie sehr wir das Geld für die Miete bräuchten. Lohse beschimpft mich und droht mir. Er fegt den Metallbecher vom Tisch. Als ich nicht auf das Scheppern reagiere, wirft er den Teller hinterher, es bleiben nur vier, was mich weder beeindruckt noch zum Nachgeben bringt.

Lohse stürzt zur Schublade, wo ich das Haushaltsgeld verwahre, ich habe es längst an einem anderen Ort versteckt. Er schreit, es sei sein Geld, er wäre mein Mann, ich solle es ihm sofort geben, was ich denn für eine Egoistin sei. Ich reagiere nicht, und so rast er auf mich zu und schlingt die Arme um mich. Ich kann ihn beiseite schubsen, Lohse umklammert mich erneut und hält mich fest, was ihm nicht gelingt, denn ich beiße ihm in die Hand, worauf er mir mit der flachen Hand ins Gesicht schlägt und ich ihn mit dem Fuß ans Schienbein stoße.

Plötzlich halten wir inne. –

Wir haben eine Grenze überschritten.

Für einige Sekunden stehen wir uns mit Tränen in den Augen gegenüber.

Umarmungen und Küsse.

Küsse und Umarmungen.

*

Eine Katze oder ein Fuchs hat eines der Hühner gerissen. Lohse und ich haben versucht, die Wunde zu nähen. Dabei ist es verendet.

*

Wir sitzen auf der Terrasse, im Hintergrund die Hühnerleiter. Wir teilen uns einen Stuhl. Lohse sitzt hinter mir, ich vorn auf der Stuhlkante. Unsere Hände liegen auf der Lehne, ohne sich zu berühren. Ich schaue nach links, er nach rechts. Der Stuhl ist das Einzige, was uns verbindet.

*

Jeden Tag schufte ich bis in die Nacht. Ich versuche mein Möglichstes, um das Haus zu halten und arbeite gegen die ständig wachsenden Schulden an. Wir haben Griebel als Mitbewohner aufgenommen, was keine finanzielle Entlastung bringt. Lohse und Griebel fahren oft allein nach Dresden und verprassen das Wenige, was wir besitzen. Mich lassen sie mit einem Beil zur Verteidigung vor den Steinbrechern zurück.

Wir sind im ganzen Dorf verschuldet. Wenn Hubert aus Dresden kommt, schicke ich ihn sofort in die Dorfläden, um anschreiben zu lassen.

Ich habe etwas Geld für die Miete zurückgelegt und versteckt. Ich muss das Haus unbedingt halten.

Lieber hungern, als es zu verlieren.

*

Hubert hat Geburtstag. Er liegt noch im Bett und schläft. Wir schleichen uns in sein Zimmer. Ich drapiere Figuren, die ich für ihn aus Brotkanten, Eierschalen und Wurzelwerk gefertigt habe, auf seinem Nachtschrank. Lohse stellt indes das Grammophon auf.

»O sole mioooo«, erschallt es in voller Lautstärke. Hubert schreckt hoch, blinzelt uns verschlafen an, zieht die Decke über den Kopf und schläft weiter. Ich hole eine Nadel und steche sie ihm in den Hintern. Er schreit auf, wir stehen lachend an seinem Bett. Als er die Figuren sieht, verzieht sich sein säuerliches Gesicht zu einem Lächeln.

*

In der Nacht erwache ich mit Schüttelfrost. Meine Zähne schlagen aufeinander, während meine Wangen glühen. Am Morgen habe ich Schwindelgefühle und hohes Fieber. Ich kann nicht aufstehen, meine Glieder schmerzen bei jeder Bewegung.

Griebel macht mir feuchte Wadenwickel und kocht Kamillentee. Immer wieder schaut er nach mir. Ich kann nichts essen. Griebel steht mit Apfelmus und Löffel an meinem Bett und versucht alles, es mir schmackhaft zu machen. Lohse lässt sich nicht blicken. Lohse sitzt im Atelier und raucht.

Warum beginne ich nicht endlich zu begreifen?

*

Ich habe wieder unsere Heiratsurkunde zerrissen. Diesmal muss ich festes Packpapier benutzen, um die übrig gebliebenen Fetzen darauf zusammenzukleben und das Schriftstück, das unsere Liebe bekundet, zu retten.

Ich hebe unser Hochzeitsfoto auf, dessen Glasrahmen zersprungen ist. Lohse steht aufrecht, ich einen Kopf kleiner vor ihm. Meine Augen wirken freudig erwartungsvoll, die seinen ernst bis hart. Meine vollen Lippen sind zu einem zaghaften Lächeln gespannt, seine formen einen schmalen strengen Balken.

*

Zahltag. Ich fasse im Schuppen hinter die Latte. – Der Umschlag mit den Scheinen für die Miete ist nicht mehr da.

Ich renne ins Haus und brülle Lohse an.

»Gib mir das Geld zurück, gib es mir sofort zurück!«

Ich bin blind vor Wut, kreische und fühle, dass ich im nächsten Moment auf ihn losschlagen werde.

Griebel stellt sich zwischen uns.

»Hör auf, Laus, es hat doch keinen Zweck. Du weißt wie ich, er hat das Geld nicht mehr.«

»Hau ab Lohse, hau ab, geh mir aus den Augen, sonst schlage ich dich zu Brei!«

Ich nehme das Beil vom Haken und drohe ihm.

Lohse verschwindet im Steinbruch.

*

Der Gerichtsvollzieher steht mit seiner Mappe unter dem Arm vor der Tür. Mein Magen schmerzt, als wüte ein Geschwür darin.

Der triefäugige Beamte bedauert sein Kommen, er täte ja nur seine Pflicht.

Er ist ein schlechter Schauspieler und Heuchler zugleich.

Pflicht, Pflicht, ist es seine Pflicht, Künstler, die das Leben einer Gesellschaft lebenswert machen, an ihrer Arbeit zu hindern wegen ein paar lumpiger Groschen? Ist es seine Pflicht, Maler, Musiker und Schriftsteller in den Steinbruch zu werfen und zu zermalmen?

Seine Wurstfinger kleben das Siegel mit akribischer Sorgfalt, nahezu lustvoll, an die Tür. Ich kann den nach Mottenkugeln und kleinbürgerlicher Unterwürfigkeit stinkenden Duckmäuser nicht mehr ertragen. Ich stehe in hilflosem Zorn vor ihm, balle die Faust und drohe ihm, er solle so schnell wie möglich Leine ziehen, sonst, sonst …

Was nun? Wohin mit den Tieren?

*

Ich packe mein Federvieh in den Korb und fahre in die Voglerstraße. Die Mutter öffnet die Tür. Ich laufe mit den Vögeln durch die Wohnung und setze sie in die Badewanne.

Gänsegeschnatter. Vatergebrüll.

*

Lohse hat ein Engagement als Chorsänger am Provinztheater in Görlitz erhalten. Die Stadt ist kein Ersatz für das Haus in Wehlen. Wir hausen auf kleinstem Raum in einem schäbigen möblierten Zimmer zur Untermiete. Ich habe keinen Platz zum Arbeiten und keinerlei Freiraum. Ich kann Lohse nirgends entkommen, was die Gefechte zwischen uns noch verstärkt.

Manchmal trete ich als Ausdruckstänzerin im Theater auf. Ich nehme das zum Anlass, öfter nach Hause zu fahren, um mir auf Mutters Nähmaschine meine Kostüme zu nähen, orientalische Pumphosen aus goldenem Satinstoff oder glitzernde Kleider mit Bolerojäckchen.

Mir wird immer deutlicher, dass ich nur ungern nach Görlitz zurückkehre, weil ich die Enge des winzigen Zimmers nicht mehr ertrage und Lohse und seinen Allüren nirgends entkommen kann.

Ich habe ein Bild gemalt, das mir meine Situation vor Augen führt: Gleich neben dem Bett stehen Tisch, Stuhl und Sofa. Auf der Tischdecke liegen meine Malutensilien, ein Bild in Arbeit und mein schwarzer Hut. Der Stuhl am Tisch bleibt leer.

Ich sitze mit Lohse, vom Lichtkegel der Zimmerlampe beleuchtet, auf dem Sofa; Lohse küsst meine Wange und greift mir in den Ausschnitt. Ich hocke passiv neben ihm mit abgewandtem leidenschaftslosem Blick.

Ich gebe dem Bild den Titel

›Liebespaar‹.

Wir *sind* ein Liebespaar,

auch wenn unsere Liebe sich anders entwickelt, als ich es mir wünsche.

*

Wir sitzen in der Gaststube. Es war Lohses Idee, essen zu gehen. Der Kellner bringt die Rechnung, legt sie vor ihm gefaltet auf den Tisch. Lohse spielt den Blinden, steckt sich eine Zigarette in den Mund, zieht sein Feuerzeug, nicht sein Portemonnaie aus der Hosentasche. Raucht. Wartet.

Schließlich schiebe ich ihm Geld zu. Der Kellner kommt zurück, Lohse reicht ihm die Scheine und gibt ein fürstliches Trinkgeld. »Stimmt so!«

Kein Wort des Dankes kommt aus Lohses Mund.

Ich stehe auf und gehe.

*

Lohse kommt aus dem Theater. Er schimpft, wie so häufig, über seine Kostüme. Sie seien schmutzig und stänken, und die schmierige, nach Talg riechende Perücke würde er auch nicht mehr aufsetzen; die Hose hätte ihm den Bauch eingeklemmt, niemand würde sie weiten, und er müsste in der nächsten Aufführung wieder in dieses Bauchgefängnis steigen, wie er denn singen solle, wenn ihm die Töne abgequetscht würden. Er hätte dieses verstaubte Provinztheater satt.

Ich biete ihm an, die Hose zu weiten, das sei kein Problem, aber er müsse sich auch nicht wie ein Tölpel aufführen. Ein Gummiband zwischen Knopf und Knopfloch gespannt, täte es auch.

»Halt bloß den Mund, du hast gut Lachen, du nähst dir deine bekloppten Kostüme ja selbst!«

Lohse fläzt sich auf dem Sofa, raucht und hört zum hundertsten Mal so laut wie möglich Caruso. Es kümmert ihn nicht, dass ich arbeiten will. Ich bin Luft für ihn, ein überflüssiger Mensch. Caruso, Caruso, schreit es in meinem Kopf. Ich reiße die Platte vom Apparat und zerbreche sie über der Stuhllehne. Lohse stürzt sich auf mich, packt mich an den Schultern, schüttelt mich wie ein Wahnsinniger. Dann schlägt er mit der Faust in mein Gesicht. Ich gehe zu Boden. Er zerreißt meine Skizzen, die auf dem Tisch liegen. Sie segeln in Fetzen durch die Luft und bedecken mich wie ein Leichentuch. Ich erschrecke vor seinen kalten harten Augen, die er auf mich richtet. Sein Mund verzerrt sich zu einem sarkastisch-überheblichen Grinsen.

Ich liege mit offenen Augen und offenem Mund auf dem Teppich, starre ihn an und zittere. Ich weine nicht. Diese Genugtuung will ich ihm nicht geben.

Lohse steht da. Er fängt an zu schluchzen.

*

Ich habe genug, es kann mit uns nicht so weitergehen. Wir machen uns so wütend, dass wir die Kontrolle verlieren. Lohse hat ein Angebot als Chorsänger am Landestheater Neustrelitz angenommen. Ich gehe nicht mit ihm, sondern kehre in die Voglerstraße zurück. Der Vater erlaubt es in seiner Freude über meine Trennung von Lohse, er weiß nicht, dass es sich nur um eine räumliche Trennung handelt. Lohse und ich bleiben verheiratet und haben vor, die Spielferien miteinander zu verbringen. Doch wir brauchen Abstand. Jeder muss für sich wohnen.

*

Ich lebe bei den Eltern, fühle mich nicht gerade wohl, aber ich kann endlich wieder malen und muss mich nicht ständig um meinen Lebensunterhalt kümmern. Ich darf sogar eines der Ateliers mit Elbblick in der Kunstakademie nutzen, zu dem mir Dix verholfen hat. So kann ich den Eltern entrinnen, wenn ich es nicht mehr aushalte.

Ich habe auch wieder mehr Zeit, mit Hubert Ausflüge zu machen. Wenn wir den Zoo besuchen, mache ich viele Skizzen. Meist zieht es mich zu den Affen und den Raubkatzen, es sind Tiere, die sich nie gänzlich zähmen lassen und in ihrem Verhalten unberechenbar bleiben. Jedes Mal, wenn wir vor dem Gehege stehen, schlage ich Hubert vor, die Käfige zu öffnen und die Tiere zu befreien.

*

Elternalltag

Das hirnverbrannteste Tun ist immer noch wertvoller, als in den elterlichen Trott des Althergebrachten zu verfallen, dessen Ziel ein zweckloser Tod ist.

Ich muss an die Luft!

*

Ausflug ins Gebirge. Wir radeln in die Natur und kommen über Nacht bei einem Bauern unter, den ich mit einem Landschaftsbild bezahle. Hubert und ich verstehen uns gut. Ich habe Zeit zum Malen, Hubert streunt durch den Wald oder liegt faul auf der Wiese, einen Grashalm im Mund in den Himmel schauend. Wir genießen die Zeit, wir verstehen uns immer am besten im Schweigen und wenn wir nicht in der Voglerstraße mit den Eltern zusammenleben.

Dennoch gehen Hubert meine sprunghaften Launen auf die Nerven.

Ich sehe es in seinem Gesicht. Ich zeichne Hubert mit seinem traurigen Blick und der hintergründigen Wut in seinem Innern.

*

Griebel stürmt ins Lokal. Seine Worte überschlagen sich.

»Ich muss euch erzählen …«

Er stand mit den anderen an der Stempelstelle an der Marienkirche, als Fischhändler Paschky mit einem großen Tafelwagen voller Heringsfässer für die Arbeitslosen angefahren kam. Als er die Fische verteilte, stellten sie fest, dass sie Würmer hatten und widerlich stanken.

Es entstand ein Tumult. Die Arbeitslosen ergriffen die Deichsel und spannten sich wie Pferde davor. Sie fuhren mit dem Karren durch die Straßen und schmissen die faulen stinkenden Heringe durch die Gegend, warfen sie auch in die offenen Fenster des Kaffeehauses in der Prager Straße.

Griebel lacht auf. »Ihr hättet mal sehen sollen, wie die Herrschaften aus dem Café flüchteten!«

Sie zogen durch die ganze Innenstadt und bewarfen das neue Rathaus und die Denkmäler mit den Fischen, bis die Polizei anrückte und sie die Heringe auf die Schutzmänner schleuderten. Zum Schluss kippten sie alle Fässer um, und die stinkende Brühe floss über den Asphalt!

Wir jubeln, trommeln mit den Händen auf die Tischplatte.

»Mensch, Griebel, verdufte endlich und geh dich waschen«, ruft Dix, »du stinkst erbärmlich.«

*

Eine Postkarte. »Souvenir de Paris«, steht auf dem Bild mit Eiffelturm, umrahmt von einem ovalen Goldrahmen. Lohse schlendert durch Paris! Schwärmt von der Kunst und dem Montmartre.

Laus, es ist umwerfend.

Schöne Grüße nach Dresden.

Woher hat er das Geld? Von Dix?

Lohse in Paris! Die einzigen Reisen, die *ich* jemals unternommen habe, sind die nach Husinec und einmal als Kind nach Wien.

Ich fuhr in der Gondel des Riesenrads auf dem Prater. Das Rad hielt am höchsten Punkt an. Ich hatte einen Blick über die ganze Stadt und fühlte mich

wie ein in der Luft schwebender Vogel –

Lohse schwebt auf dem Eiffelturm.

Ich hocke bei den Eltern, die mich ersticken.

*

Ich reiße mir auf dem Künstlerfest die Kleider vom Leib und tanze mit der Tabakspfeife zwischen den Zähnen nackt auf dem Tisch. Der Vater erfährt davon, er brüllt mich an, die Nachbarn zerrissen sich den Mund über mich, ich würde mich wie eine Nutte aufführen und die ganze Familie in Verruf bringen mit meinen abstoßenden und ekelhaften Eskapaden.

Ich lache laut auf und schreie mit heiserer Stimme zurück, was es denn mit ihm und *seiner* Moral auf sich hätte, die Mutter schon schwanger mit mir gewesen war, bevor sie geheiratet hatten, und außerdem sein eigener Vater unehelich geboren wurde.

Da rutscht dem Vater wieder die Faust aus.

Warum bin ich zurückgekehrt?

*

Ich bin in eine Atelierwohnung in der Altstadt umgezogen. Ich versuche, von Auftragsporträts zu leben. Sie werden am besten bezahlt, wenn man gefällige Bilder malt, die die eitlen Auftraggeber mit Stolz über ihren Schreibtisch oder übers Sofa hängen.

Meine Kunden sind nicht immer zufrieden, denn ich zeichne das, was ich sehe. Falten, hängende Wangen, Fettringe am Hals oder Knorpelohren und ausgedünntes Haar.

Auch Hubert muss mir Modell sitzen oder stehen. Er ist jetzt 13 Jahre alt. Ich zeichne sein immer noch kindliches Gesicht, in dem sich die Enttäuschungen mehr und mehr sammeln. Die großen entrückten Augen mit den langen Wimperndächern, Augen, die in eine Welt schauen, die kein Glück verheißt; der Mund geformt zu gestauter Auflehnung unter der feinen Nase, die seine Sensibilität unübersehbar macht. Über seine Schultern ziehen sich die Hosenträger. Sie umwickeln ihn, als würden sie sein gefesseltes Leben in sich tragen. Mein Bruder.

*

Mir wird bewusst, wie sehr ich Lohse vermisse. Wir haben uns seit Monaten nicht mehr gesehen. Nach seiner Rückkehr aus Frankreich ist er sogleich nach Hamburg gezogen. Er ist am Hamburger Stadttheater als Chorsänger engagiert worden.

Der Groll gegen ihn ist verflogen. Warum? Was mache ich mir vor?

*

Spielferien. Besuch bei Lohse. Er holt mich vom Bahnhof ab. Ich sehe Wiedersehensfreude in seinen Augen. Wir küssen uns. In uns flammt die alte Liebe wieder auf, die in Schauern durch unsere Körper rieselt.

Wir zelten ein paar Tage am Blankeneser Elbstrand, sitzen eng umschlungen im Sand, sehen die Dampfer und Barkassen an uns vorüberziehen, lassen uns im Duft der Kamille und der Disteln, die aus den Ufersteinen wuchern, von der Sonne bescheinen. Es sind zauberhafte Tage, in denen wir erneut erkennen, was uns verbindet, es sind Tage, die uns zurückbringen zu den tiefen Gefühlen, die wir füreinander empfinden. Es gibt unsere Liebe jenseits aller Selbstsucht und Eitelkeit. Wir können verzeihen.

Wir schreiben den Eltern Glückwünsche zur Silbernen Hochzeit. Lohse bedankt sich in einem Zusatz bei den Eltern, wie viel inhaltsvoller sein Leben durch die Ehe mit mir geworden sei!

*

Seit zwei Monaten hocke ich wieder in meinem Atelier in Dresden. Ich fühle mich nicht mehr wohl. Seit ich in Hamburg war, denke ich an Lohse. Vielleicht gibt es einen Neuanfang, vielleicht können wir wieder zusammenleben. Die Ferien haben uns vereint. Es gab keinen Streit, nur harmonische und leidenschaftliche Stunden.

Wir wissen doch beide, dass wir zueinander gehören.

Ich hole das Fotoalbum hervor. Blättere. Mein Atelier in der Rietschelstraße. Ich liege mit Zigarette im Mundwinkel nackt auf dem Chaiselongue. Lohse hat das Bild geschossen, kurz nachdem wir uns verliebt hatten. Fotos aus Wehlen. Lohse und ich stehen oberhalb der Wilke-Aussicht. Auf einem Spaziergang im Steinbruch. Lohse in Hamburg, auf dem Korbstuhl sitzend. Ich mit Malkoffer vor einer Pergola. Lächelnd! Ich im Badeanzug am Blankeneser Strand. Lachend! Wie friedlich und selbstverständlich alles wirkt.

*

Ich mache eine Tour durch die Straßen und zeichne Stadtansichten. Ich skizziere eine Häuserschlucht. Danach fahre ich noch einmal zur Loschwitzer Brücke. Ich will die gesamte Brücke mit beiden Pfeilern aufs Bild bringen, sie als Verbindungsglied herausarbeiten.

*

Lohse hat eine Lungenentzündung. Ich fahre sofort nach Hamburg, um ihn zu versorgen.

*

Er hat hohes Fieber und Stechen in der Milz. Es wird immer schlimmer. Er ist verwirrt und halluziniert. Er ist so blass und schwach auf der Brust, dass ich um sein Leben bange.

Der Arzt verordnet strenge Bettruhe.

*

Seit Wochen pflege ich Lohse und tue alles, um gutes Essen und Medikamente herbeizuschaffen.

*

Endlich geht das Fieber zurück. Er hustet weniger. Es geht bergauf.

*

Lohses Krankheit ist überwunden! Er ist wieder gesund!

*

Die Krankheit hat uns zusammengeschweißt. Ich bin bei ihm geblieben! Wir wohnen wieder zusammen! Wir leben wie in den ersten Wochen unserer Liebe!

Stunden ohne Worte
Stunden der Lust
Lebenslust
Funkenflug in unseren Herzen

*

Lohse hat eine sichere Anstellung als Chorsänger. Er erhält sogar kleine Solopartien, Arien aus ›Rigoletto‹, aus ›Troubadour‹, ›Zar und Zimmermann‹ ›Madame Butterfly‹, aus ›Carmen‹, ›Tosca‹ und ›Cosi fan tutte‹.

Und er bemüht sich, sein Gehalt nicht sofort auszugeben.

Und ich,

ich bin schwanger!

Das erste Mal bin ich überglücklich über meinen Zustand. Trotz der Abtreibungen, die ich hinter mir habe, habe ich mir immer ein Kind gewünscht. Ich wusste ja nicht, wovon ich es hätte ernähren können. In den Zeiten und unter den Umständen, in denen ich lebte, hätte ich mit Kind keine freie Minute mehr für meine Kunst gehabt.

Wenn ich an die Quacksalber denke, bei denen ich sie habe wegmachen lassen, wird mir übel.

Lohse freut sich auf das Kind und gelobt Besserung. Er will mich mit den Finanzen nicht mehr allein lassen und seinen Beitrag zu unserem Unterhalt leisten. Endlich kann ich Mutter werden, ohne meine Kunst aufgeben zu müssen. Ich denke an nichts anderes mehr als an das Kind. Ich frage mich, ob es ein Mädchen oder ein Junge wird, denke mir männliche wie weibliche Vornamen aus, stelle mir vor, wie es aussehen wird.

Die Streits gehören der Vergangenheit an. Lohse ist fürsorglich und nimmt mir Arbeit ab, wenn ich mir zu viel zumute. Er singt mir Liebesarien vor und ist häuslicher denn je. Ist dir kalt? Soll ich das Fenster schließen? Warte, ich koche dir einen Tee.

Wenn ich in den Spiegel schaue, leuchten meine Augen. Ich sehe schön aus, und ich lache viel.

*

Baader wohnt seit Kurzem in Hamburg. Er arbeitet als Schriftleiter der ›Bremer Nachrichten‹. Wir besuchen ihn und erzählen ihm von unserem Glück. Er gratuliert uns und lädt uns zum Essen ein.

Nach Matjes mit Bratkartoffeln schlendern wir den Jungfernstieg entlang. Wir flanieren auf der Alsterseite. Ich spaziere in der Mitte, eingehakt von Lohse und Baader. Die Herbstsonne tüncht die Umgebung in ein mildwarmes Licht. Es weht eine seichte angenehme Brise. Die Boote glucksen leise auf dem Wasser. Der Straßenverkehr und die Stimmen der Menschen treten in den Hintergrund. Freudiger Frieden umgibt mich.

Vor dem Alsterpavillon machen wir Halt. Baader führt uns hinein.

»Schwangere müssen viel essen«, sagt er und lacht.

Lohse fragt, ob er im Lotto gewonnen hätte. Baader winkt ab. Das Geld würde sowieso immer weniger wert sein. Warum es nicht ausgeben.

Wir bekommen einen Fensterplatz. Ich vertilge einen Blaubeerkuchen unter Geigen- und Pianoklängen. Mir ist überhaupt nicht übel.

Ich hole meinen Skizzenblock hervor und halte die Stimmung im Lokal fest.

Wir können uns nicht trennen und beschließen, eine Fahrt auf dem Alsterdampfer zu unternehmen.

Am Anleger kauft Baader eine große Tüte voller Obst für mich.

Wir blicken von der Reling aus ans Ufer. Die Abendsonne hüllt die Stadtlandschaft in goldenes Licht.

Lohse umarmt mich und küsst mich sanft auf den Mund.

*

Das Kind kommt aus meinem Leib geschossen, als würde es vor etwas fliehen, und ich, die kaum versteht, was mir geschieht, schreie nach Lohse.

Lohse bringt mich ins Krankenhaus.

Ich liege im Bett. Ich spüre das Kind noch in meinem Leib, und meine Brüste sind gespannt. In mir fühlt es sich an, als wäre ich immer noch schwanger, aber da ist nichts mehr außer einer leeren Hülse.

Der Arzt tritt an mich heran und prophezeit mir noch viele Kinder, die ich werde haben können. Er denkt, es würde mich trösten.

Drei Tage und drei Nächte weine ich. Am vierten Tag wische ich mir das Kind aus den Augen und mache weiter. Ich mache weiter, ohne es zu vergessen. Ich vergesse es nicht, ich werde es nie vergessen. Und ich kann den Gedanken nicht ablegen, für meine Abtreibungen bestraft worden zu sein.

*

Der alte Teufelskreis beginnt von Neuem. Ich verdiene das Geld, um die Ausgaben von Lohse, der auch mit seinem festen Einkommen über seine Verhältnisse lebt, zu bestreiten. Ich verkaufe Schnitzereien, Batiken, Grußkarten und habe kaum Zeit für meine Malerei. Die Inflation entwertet das Geld, manchmal kann ich für die Scheine, die ich morgens zähle und für die ganze Woche einplane, am Abend nur noch einen Brotlaib kaufen, und ich fürchte, es wird noch schlimmer kommen. Ich hätte der Mutter so gern ein großes Paket mit Lebensmitteln zum Geburtstag geschickt, stattdessen kann ich ihr nur mein Buch ›Stine‹ von Fontane schenken. Mutter muss es unbedingt lesen. Und ebenso der Vater! Es handelt von der Liebe zwischen Stine und dem Grafen Waldemar, die an der Standesgesellschaft zerbricht.

»Das Schlimmste war«, schreibt Fontane, »dass ich im Hause selbst, bei meinen eignen Eltern, ein Fremder war. Und warum? Ich habe später darauf geachtet und es in mehr als einer Familie gesehn, wie hart Eltern gegen ihre Kinder sind, wenn diese ganz bestimmten Wünschen und Erwartungen nicht entsprechen wollen.«

Es endet:

»Is sie heil wieder da?«
»Heil? Was heißt heil? *Die* wird nich wieder.«
»Is eigentlich schade drum.«
»I wo. Gar nich … Das kommt davon.«

*

Es passiert immer häufiger, dass Lohse und ich uns nach Streit und Tränen nicht mehr versöhnen und tagelang in Distanz zueinander leben. Ich bemerke, wie ich Lohse zur Belastung werde, wie etwas zwischen uns erloschen ist. Es macht ihm Mühe, meine Lust und Gefühle zu erwidern, er versucht, sich mir mehr und mehr zu entziehen und von mir abzurücken. Es ist ein sprödes, leidenschaftsloses Nebeneinanderherleben. Diese Erkenntnis hilft mir nicht, mich von Lohse zu trennen, sondern sie macht mir Angst. Wann hat das angefangen? Warum wendet er sich von mir ab?

*

Er kommt nachts öfter nicht nach Hause. Mein erster Gedanke ist: Wir führen eine freie Ehe, frei von Zwängen und Konventionen. Der zweite Gedanke lässt mich erblassen, dennoch frage ich nicht, wo er die Nächte verbracht hat, Lohse soll mir nichts erklären müssen. Ich selbst würde es mir auch verbitten, kontrolliert zu werden.

*

Er verhält sich anders als gewohnt. Er geht nicht mehr auf meine Wut ein und wird auch nicht zynisch. Früher ging er nicht schweigend an mir vorbei, früher war ich ihm nicht so unwichtig.

*

Es ist Mittag vorbei. Ich höre das Schlüsseldrehen im Türschloss. Lohse schlurft herein, setzt sich an den Küchentisch und raucht. Ich täusche vor, an meinem Bild zu arbeiten, schaue verkrampft auf die Leinwand. Ich höre den scharfen Atem, mit dem er den Zigarettenrauch ausstößt, sehe aus dem Augenwinkel die Glut der Zigarette aufleuchten.

Er ascht ab. Seine Augen sind auf den Boden gerichtet. Er vermeidet, mich anzusehen. Ich kann es nicht mehr aushalten, wie er vermeidet, mich anzusehen und schaue wieder auf das Bild, ohne etwas darauf zu erkennen.

»Ich muss dich sprechen«, murmelt er mit belegter, übernächtigter Stimme.

Ich reagiere nicht. Er spricht mich erneut an, ruft mir zu, dass er es mir nun einmal sagen müsse und ich ja wahrscheinlich schon etwas bemerkt hätte.

Ich schaue auf ohne zu sprechen, ich kann nicht sprechen, weil sich hinter meinen Augen ein Stausee von Tränen bildet, mein Gesicht wird immer heißer, es glüht, in meinem Hals steckt ein Kloß, gleich werde ich losheulen, denke ich.

Lohses tiefe Stimme stellt die Wahrheit in den Raum, die schlimmer ist, als ich geahnt habe, sagt, dass er schon vor längerer Zeit ein Verhältnis mit Elsa Haun, der Tochter des Konzertmeisters, angefangen hätte und sie nun ein Kind von ihm erwarten würde.

»Ich werde Vater, Laus, ich liebe Elsa.«

*

Es herrscht Ebbe. Die Schiffe liegen tief.

*

Ich ziehe in ein möbliertes Zimmer in der Osterstraße. Ich will Lohse vergessen, will ihn nie mehr wiedersehen, er hat mich verletzt, er hat mich ausgeplündert und dann fortgeworfen wie ein Stück Dreck. Das denke ich.

Aber mein Herz fühlt das Gegenteil, mein Herz fühlt: Mein Leben hat nur einen Sinn, wenn es mit Lohse verbunden ist, so sehr ich das Dunkel erkenne, das er in mein Leben bringt, so sehr ich mir meiner grotesken Situation bewusst bin.

Baader macht mich auf meine Abhängigkeit von Lohse aufmerksam, er spricht sogar von Hörigkeit, aber was soll ich mit diesen Worten anfangen, wenn das Herz den Verstand besiegt.

*

In der Kneipe. Ich öffne die Tür, schrecke zurück, Lohse und Elsa sitzen rechts am Tisch. Ich sehe Elsa das erste Mal. Sie ist schön, weiblich mit warmer Ausstrahlung, – sie ist schwanger. Ihr freudiges Gesicht leuchtet über dem dunklen Pelzkragen ihres eleganten Mantels. Auf dem Kopf trägt sie einen modischen Topfhut mit Breitband, wie ihn alle Frauen gerade tragen, außer mir. Sie lacht Lohse an, er lacht ebenfalls, anders, als ich es von zu Hause kenne. Dies alles nehme ich in Sekundenschnelle wahr, ich habe das Gefühl, betrogen und von etwas ausgeschlossen zu sein. Ich will so schnell wie möglich wieder gehen.

Aber Lohse sieht mich und winkt mich zu sich heran. Ich spüre, wie ich blass werde, weiß, ich kann nicht anders, als auf sie zuzugehen. Zögernd setze ich meine Schritte, bis ich vor ihrem Tisch stehe. Lohse steht auf, küsst mir die Wange und bittet mich, mich zu ihnen zu setzen. Ich stehe da, starre die beiden abwechselnd an. Ich glaube, in Elsas Blick etwas Höhnisches, Herabsetzendes zu erkennen, als koste sie ihren Triumph aus. Mein Blick schwenkt zu Lohse und bleibt an ihm haften. Da steht mein Mann, von dem ich glaubte, er hätte keine Geheimnisse vor mir.

Ich bin vollkommen steif, ich möchte wieder gehen, drehe mich endlich zum Ausgang hin.

»Jetzt sei doch nicht so«, ruft Lohse, »was geschehen ist, ist geschehen.«

Sein flüchtiger Kuss klebt immer noch auf meiner Wange.

*

Ich beginne ganz von vorn, stürze mich in die Arbeit, es ist meine einzige Zuflucht, ich muss malen!

Ich streife durch Hamburg, male die Binnenalster, Elbansichten, Hafenstimmungen, den Fischmarkt, Kohlefrachter, Barkassen, male die Menschen auf der Straße, die Schiffer, die Arbeiter, die Schauerleute, die Marktfrauen, Blumenverkäuferinnen, Bauern, Schweinehändler und Kartoffelweiber, male die Armen, die in der Mülltonne nach etwas Essbarem wühlen.

Ich will das, was ich fühle, exakt malen, das Klare klar, das Ungewisse ungewiss. Mein Drang, zum Kern eines Menschen zu dringen, auch zum meinigen, ist übermächtig, ich werde mich niemals mit oberflächlichen Betrachtungen begnügen können. Die Suche nach der Wahrheit ist der schwerste Weg. Ich muss ihn gehen, weil ich ihn durch nichts verhindern kann. Ich muss die Wahrheit in Bilder übersetzen. Ich male Landschaften und Gesichter aus dem, was ich empfinde.

Oft erschrecke ich vor der Schärfe meiner Wahrnehmung.

*

Lohses Kind ist geboren, das Mädchen heißt Lilly. Ich kann nicht mit Lohse brechen, ich bleibe verheiratet mit meinem Mann, der ein Kind mit einer anderen Frau hat, ein Kind, das ich mir gewünscht und verloren habe.

Lohse ist dabei, mich zu zerstören. Dennoch komme ich nicht von ihm los, kann ihm nicht entkommen, wo ich auch lebe. Es muss zu Ende sein, denke ich so oft, aber für mich ist es nicht zu Ende, ich schwimme in einem Strom, ohne ihn aufhalten zu können. Ich bin Lohse genauso ausgeliefert wie ein Elbkiesel, der vom Wasser hin- und hergespült wird.

Ich darf nicht schwach werden, ich muss in Angriff nehmen, was ich mir vorgenommen habe.

*

Lichtblicke. Ich bin in den Bund Hamburgischer Künstlerinnen und Kunstfreundinnen aufgenommen, ich kann auf der Ostermesse einige Arbeiten ausstellen!

*

Meine Kunst findet zum ersten Mal größere Anerkennung. Das Museum für Kunst und Gewerbe hat meine

Federlithographie ›Umarmung‹ gekauft, noch nie hat ein Museum ein Bild von mir erstanden.

Ich bin für weitere kleinere Ausstellungen vorgesehen.

*

Ich bin 28 Jahre alt, ich habe endlich erste Erfolge in der Kunst, die mich ehren, aber nicht ernähren. Ich bin sehr arm. Und einsam.

Ich sehne mich nach Lohse. Er bleibt in mir, auch wenn ich versuche, mich nicht mehr mit ihm zu vergiften und meinen Verstand gegen das Gefühl zu setzen.

Ich bin krank vor Sehnsucht. Ich mühe mich ab, mir meine Unabhängigkeit zu beweisen. Es ist lächerlich.

Wir treffen uns bei Freunden und auf Ausstellungen. Lohses Stimme klingt freundlich distanziert, sein Blick ist weder freudig noch zärtlich, seine Hand, mit der er mich begrüßt, liegt gleichgültig in der meinen. Es ist, als würde er einer Fremden guten Abend sagen.

Manchmal bringt er Elsa mit. Er scheint an ihrer Seite viel ausgelassener und lebendiger zu sein, als er mit mir gewesen ist. Die Vertrautheit und Harmonie zwischen ihnen verursacht mir Schmerzen in der Brust. Sie haben das Kind. Ich sehe es in der Kinderkarre. Das Mädchen liegt unter einer weißen Spitzendecke. Auch der Schirm des Wagens hat Spitzenbesatz. Lilly trägt eine weiße Pudelmütze mit weißem Jäckchen. Sie schaut mich an aus ihrem Daunenreich. Sie hat Ähnlichkeit mit Lohse. –

In mir steckt ein schrilles Lachen, das ich gerade noch unterdrücken kann.

*

Ich wohne in einem billigeren Zimmer bei einem Dentisten in der Fruchtallee zur Untermiete und weiß trotzdem nicht, wie ich die Miete aufbringen soll. Gelegentlich schickt die Mutter ein Paket mit Lebensmitteln und Wäsche, aber das reicht nicht.

Sehr geehrter Herr Senatsrat,

Entsprechend Ihrer gestrigen Aufforderung mache ich folgende kurze Angaben:

1916–19 in Dresden auf Kunstgewerbeschule und Akademie (Hofrat Seiffert, Professor Gussmann) ausgebildet. In den folgenden Jahren vorwiegend in Dresden als Malerin tätig. 1921 verheiratet mit dem Maler Lohse, von dem ich seit 1923 getrennt lebe und welcher 1924 nach Hamburg übersiedelte. Eine langwierige schwere Erkrankung meines Mannes machte meine Gegenwart und Pflege notwendig, sodass ich 1925 nach Hamburg zog.

Trotz nochmaliger Trennung von meinem Mann behielt ich meinen Wohnsitz in Hamburg, da sich die Verdienstmöglichkeiten anfangs günstig gestalteten. Diese

verschlechterten sich aber im Laufe des letzten Jahres derart, dass ich, um mich über Wasser zu halten, selbst die künstlerisch widerstrebendsten und schlechtlohnendsten Arbeiten annehmen, gelegentlich sogar Wohltätigkeitsstellen beanspruchen musste. Diese wirtschaftliche Not des letzten Jahres setzte mir, wenn auch nicht künstlerisch, so doch gesundheitlich so zu, dass ich jetzt dringend eine Summe benötige, die mir während zwei bis drei Monaten eine von äußeren Sorgen befreite Arbeit ermöglicht.
Elfriede Lohse Wächtler

*

200 Reichsmark von der Senatskommission. Es reicht kaum zum Überleben, die Wirtschaftskrise hat ein Künstlerleben unmöglich gemacht.

*

Hände. Ich male Hände. Kann nicht mehr aufhören damit. Sie sagen mehr als Gesichter. Arbeitshände, Gichthände, Musikerhände, Alkoholikerhände, aufgedunsene Hände, schlaffe Hände, verkrampfte Hände, leblose Hände, schmale Hände, breite, faltige, raue Hände, traurige Hände, glückliche Hände, kraftvolle Hände, gewalttätige Hände, gedrungene Hände, gespreizte Hände, kurze Finger, lange Finger, dünne Finger, dicke Finger, saubere Nägel, schmutzige Nägel, lange Nägel, kurze Nägel, spitze Nägel, runde Nägel,

Fäuste …

*

Baader klopft an meine Tür. Ich lasse ihn ein. Er ist bedrückt.

»Was ist?«, frage ich.

»Ich muss es dir sagen, Laus, damit du weißt, woran du bist. –

Elsa ist wieder schwanger.«

Ich schreie, trommle mit den Fäusten an die Wand. Ich ertrage es nicht. Will es nicht. Ich werfe alles, was in meiner Nähe ist, durchs Zimmer, die Tasse streift Baaders Kopf.

Baader versucht, mich zu beruhigen, bietet mir an, mit zu ihm zu kommen.

Ich sage ihm, er solle verschwinden und mich in Ruhe lassen.

»Lasst mich alle in Ruhe!«

*

Ich sitze am Tresen. Der Wirt schenkt ein Glas Absinth nach dem anderen ein.

Wermut- und Anisgeruch. Ich kippe den Kräuterfusel hinunter wie Wasser.

Warum habe ich mich auf einen Mann eingelassen, der versucht, meine Kunst und mein Selbstwertgefühl zu untergraben, der mich betrogen und verlassen hat, der wie ein Karnickel ein Kind nach dem anderen mit

Elsa zeugt. Warum werde ich kopflos, warum zucken ständig Hoffnungen auf, Lohse zurückzugewinnen?

Ein weiteres Glas rauscht meine Kehle hinunter.

Besoffenheit.

Zahle mit dem Geld der Senatskommission und torkele aus der Kneipe.

*

Setze mich besoffen vor den Spiegel. Male mein schnapsbenebeltes Gesicht, in dem kein Ausweg sichtbar ist. Absinthverklärte Trinkeraugen mit Blick in meine Hoffnungslosigkeit gerichtet, umrahmt von der haarigen Wirrnis meines Lebens, die dunkle Schatten wirft.

*

Die wenigen Freunde, die mir geblieben sind, fragen mich wieder und wieder, warum ich mich nicht endlich scheiden lasse. Ich weiche einer Antwort aus.

Ich habe nicht die Kraft, Lohse hinter mir zu lassen.

Eine unglückliche Liebe ist nicht weniger intensiv als eine glückliche.

*

Eine karminrote Tulpe steht in einer blaugrünen Flasche. Ihr Stiel ist in den schmalen Flaschenhals hineingezwängt. Die grünen nach unten gebogenen Blätter hängen wie Trauerflor am Tulpenstiel.

Ihr dunkler Blütenkopf ist fest verschlossen.

*

Habe die Kaffeehausszene ans Museum für Kunst und Gewerbe verkauft.

Sie schicken mir Geld!

Endlich habe ich Geld für Farben.

*

Laufe umher und male Menschen. Männer aus dem Hafen, Landarbeiter, Marktfrauen.

*

Das zweite Kind ist geboren. Sie nennen es Kurt.

Krämpfe im Unterleib. Fühle mich, als hätte man einen Dolch in mich hineingerammt.

*

Ich sitze am Tresen. Der Wirt schenkt ein Glas Absinth nach dem anderen ein.

Wermut- und Anisgeruch. Ich kippe den Kräuterfusel hinunter wie Wasser.

Warum habe ich mich auf einen Mann eingelassen,

der versucht, meine Kunst und mein Selbstwertgefühl zu untergraben, der mich betrogen und verlassen hat, der wie ein Karnickel ein Kind nach dem anderen mit Elsa zeugt. Warum werde ich kopflos, warum zucken ständig Hoffnungen auf, Lohse zurückzugewinnen?

Ein weiteres Glas rauscht meine Kehle hinunter.

Ich kann die Zeche nicht bezahlen und werde vor die Tür gesetzt.

Stehe besoffen auf der Straße.

*

Ich frage mich, wie ich alles aushalten soll, Lohses Kinder, die Armut, den Hunger, die Einsamkeit, frage mich, woher ich neue Inspiration und Kraft schöpfen kann. Ich bin an meine Grenzen gestoßen. Lohse frisst mein Leben auf.

*

Ich hocke im Schneidersitz nackt unter dem Tisch und zeichne. Mein Kopf durchstößt die Tischplatte, liegt angerichtet auf einem Silberteller. Mein schiefer Mund ist zu einem verzerrten Lachen verzogen.

An der Tafel sitzen lauter Männer. Lohse sitzt direkt hinter meinem Kopf. Er stützt sich mit den Armen ab, beugt sich weit vor, um in mich hineinzubeißen.

Ich nenne das Bild ›Vor dem Hauptgericht‹.

*

Ein Paket von der Mutter mit Kaffee, Dresdner Stollen und Schokolade. Auch Wäsche hat sie beigepackt. Endlich wieder saubere Wäsche. Ich wasche mich, obwohl ich nicht genug zum Heizen habe, und ziehe mich sofort um. Die frische Wäsche riecht wie der Frühling. Ich schlüpfe in das wohlige Wolkenweiß und ziehe meine Kleider darüber. Dann koche ich mir eine Tasse Kaffee. Während das Wasser heiß wird, probiere ich von der Schokolade und lasse sie auf der Zunge zergehen. Danach wickele ich den Stollen aus. Der Duft der Wächtlerschen Weihnachtsstube strömt mir entgegen. Meine Augen werden feucht. Ich verdränge, was kommen will. Ich schneide mir ein Stück Stollen ab und stopfe mir den Kuchen in den Mund. Er setzt sich als süße Masse zwischen den Zähnen fest. Ich feiere meinen Geburtstag zusammen mit meinem Stollen. Ich gieße den Kaffee auf. Mit dem Strahl des heißen Wassers, der in den Filter läuft, brechen meine Tränen hervor.

*

Wenn nur diese Einsamkeit und Armut nicht wäre.

Ich muss mich auf das Malen konzentrieren! Ich bin ausgewählt worden, in der 9. Sezessionsausstellung Bilder zu zeigen. Ich habe noch nichts fertig. Ich muss endlich etwas schaffen, was Bestand hat und der Ausstellung würdig ist.

*

Lohse ist schwerkrank. Seine Lungenschwäche hat sich zur Tuberkulose entwickelt. Er befindet sich im Sanatorium in Mölln. Ich muss ihn besuchen, ich muss! Woher nehme ich das Geld für die Fahrkarte?

Ein Bild verkaufen! Aussichtslos. – Im Karton sind noch Tücher. Ich gehe zum Modeladen und biete sie dort an.

*

Er sitzt im Tagesraum auf einem Ohrensessel und liest Zeitung. Als er eine Seite umblättert, sieht er mich auf ihn zukommen. Ich sehe keine Freude in seinem Gesicht. Sein begrüßendes Lächeln ist verhalten, als müsse er es sich abringen.

Vielleicht ist er von der Krankheit mitgenommen.

Wir gehen am See spazieren. Lohse sieht aus wie ein Mensch, der nach mehrwöchiger Krankheit das erste Mal ins Freie geht. Er ist bleich um die Augen, und seine Lippen hängen blutleer unter der blassen Nasenspitze.

Ich rauche eine Zigarette nach der anderen. Ich denke nicht an seine Lungenkrankheit, obwohl er von ihr gezeichnet ist. Mein Drang zu rauchen ist größer. Ich bin schrecklich nervös. Ich blase den Rauch in die ihm entgegengesetzte Richtung, damit er ihn nicht einatmet.

Der Himmel ist wolkenverhangen. Unsere Schritte knirschen auf dem Kiesweg. Ein paar Enten dümpeln auf dem gräulichen Wasser und kommen in Erwartung von Brotkrumen auf uns zu geschwommen.

»Wie geht es dir?«, frage ich Lohse.

Er erzählt von seiner Behandlung, bekäme eine Infusion nach der anderen, würde laufend untersucht, müsste Schläuche schlucken und einiges mehr über sich ergehen lassen. Es sei unerträglich in der Anstalt. Er fühle sich wie eingesperrt. Den ganzen Tag würde er gemaßregelt und bevormundet. Und um acht Uhr abends ginge das Licht aus. Und überhaupt müsse er ständig in Wolldecken gewickelt herumliegen und ruhen, es sei wie eine Vorbereitung zum Sterben. Der Husten, das Blut, verfärbte Taschentücher, einige schaffen es nicht, die meisten stürben hier um Weihnachten herum, sagte ihm ein Langzeitpatient. – Die Ärzte seien aber zufrieden, seine Heilung verlaufe ganz gut. Und er dürfe seit ein paar Tagen kleine Spaziergänge machen. Lohse wirft einen Stein ins Wasser. »Verdammt, aber was nützt mir die ganze Behandlung, wenn ich nicht mehr singen kann.«

»Du wirst leben und mit der Kunst weitermachen«, sage ich.

»Wenn ich hier wieder rauskomme, habe ich keinen Pfennig Geld.«

Schweigen. Die Stimmung ist beklemmend. Die Enten schnattern in die Stille, die eine jagt die andere über das Wasser.

Wir finden keinen weiteren Gesprächsstoff. Wir beide vermeiden über Elsa und die Kinder zu sprechen.

Ich stecke mir schon wieder eine Zigarette an und bin steif vor Anspannung.

»Du solltest nicht so viel rauchen«, sagt Lohse. Er

fragt nicht, wie es *mir* geht. Er bittet mich auch nicht um Geld. Er weiß, ich habe nichts.

Er schiebt seine Brille in die Stirn und reibt sich die Augen.

»Ich muss zurück, ich habe gleich die nächste Behandlung.«

Lohse wendet sich von mir ab und geht Richtung Klinik.

*

Vier Uhr morgens. Arbeiten, ich will arbeiten! Ich setze mich hin und hole Papier hervor. Ich nehme einige Skizzen in Angriff, habe plötzlich das Gefühl, voranzukommen, kann die Linien gar nicht schnell genug auf die Fläche bringen, aber kurze Zeit später zerreiße ich die Blätter. Was ich auch in Angriff nehme, es glückt mir nichts. Ich werde immer nervöser, ich kann mich nicht mehr konzentrieren.

*

Ich schaffe es einfach nicht, die Bilder für die Sezessionsausstellung zu malen. Ich kann nicht mehr schlafen. Ich wälze mich im Bett herum, stehe zu guter Letzt auf, um meine rotierenden Gedanken zu stoppen, es sind Gedanken, die mir Angst machen. In mir steckt etwas Bedrohliches, etwas, was mir fremd erscheint. Es fühlt sich an, als verlöre ich den Halt.

*

Es legt sich ein Nebel um mich, ich weiß nicht mehr, was geschieht, warum es geschieht, ich verliere jegliches Zeitgefühl. Geräusche, die ich höre, beginnen sich zu verzerren, sie klingen merkwürdig fremd und wechseln zwischen laut und leise. Jeder Fußschritt, den ich mache, hallt wie der Aufprall auf einen Amboss, während der Autoverkehr nur leise summt. Die Häuser wachsen und beugen sich über mich, und die Menschen bekommen Fratzen, die mich anstarren.

*

Chaos im Kopf. Ich werde in einen Strudel gezogen, der mich in andere Sphären wirbelt, dennoch bin ich nicht von Sinnen, ich bemerke, wie etwas mit mir nicht stimmt. Bin ich unter Menschen, gerate ich in einen Zustand, in dem ich mich selbst fragen muss, was ich sagen will, sodass die anderen mich nicht mehr verstehen. Eine dumpfe, ferne Angst greift nach mir und bringt mich in Verwirrung. Manchmal zittere ich am ganzen Körper, höre am helllichten Tag merkwürdige Stimmen und weiß nicht, woher sie kommen. Nachts habe ich schreckliche Träume. Ich fasse mir an den Kopf. Was ist das? Das ist zu viel! Da steigt etwas in mir auf, von dem ich nicht weiß, was es ist. Manchmal fühle ich mich verfolgt, spüre dauernd Augen in meinem Rücken, sie bedrängen mich, und dann läuft es mir kalt den Rücken hinunter. Mein Blut pocht in den Adern, da ist etwas, was ich nicht fassen kann, ich gleite in ein Dunkel, und mir schießt die Frage in den Kopf, ob ich dabei bin, den Verstand zu verlieren. Immer wieder zwinge ich mich, Ruhe zu bewahren. Ich wünsche mir, mein Wirrwarr im Kopf ordnen zu können wie den Dorfladen der Tante, den ich als Kind Regal für Regal sortiert habe. Aber mein inneres Durcheinander lässt sich nicht ordnen und beseitigen.

Ich klopfe auf meinen Kopf. Wenn Hubert wenigstens da wäre, aber er fährt irgendwo in der Welt auf einem Dampfer herum und lässt sich mit seinen 17 Jahren herumkommandieren. Wie kommt er darauf, dass die Seefahrt Freiheit bedeutet?

Er ist fort, aber er wird ja zurückkommen und mich besuchen. Ich muss mich beruhigen. In der Zwischenzeit kann ich immer noch zu Baader gehen.

*

Baader meint, die Bilder, die ich sehe, und die Stimmen, die ich höre, seien völlig ungefährlich, er selbst hätte mehrere Nervenzusammenbrüche erlitten und wüsste, wovon er spräche, alles, was ich sehe und höre, spiele sich nur in meinen Gedanken ab.

Er erzählt von der Prinzessin Perisade, die ihre Brüder nur dann retten kann, wenn sie sich völlig unberührt von den tausend drohenden Stimmen, die in Wirklichkeit ungefährlich sind, hält.

Ich frage ihn, warum ich so etwas Entsetzliches erlebe. Und gestehe ihm meine unbezwingbare Furcht.

Baader rät mir, mich auszuruhen und meine Nerven

zu schonen, sonst würde sich mein Zustand womöglich noch verschlechtern.

*

Die Szene aus Gustav Meyrinks ›Grünes Gesicht‹ tritt mir ins Gedächtnis, die mich zu dem Bild ›Die Spinne‹ inspiriert hat.

Ich schlage die Passage nach.

»Es ist Wahnsinn, Wahnsinn, Wahnsinn«, schreibt er, »nichts ist geschehen! Es war eine Vision! – Nichts weiter! Ich bin ja verrückt! Einbildung! Einbildung! Die Stimme hat mich belogen, und auch die Erscheinung war nicht wirklich! Wo hätte denn das Holz mit der Schlange herkommen sollen, – und – und die Spinne! – Die Spinne! – Meine Sehnsucht nach Eva war so übermächtig geworden, dass mir die Fantasie bei wachem Bewusstsein die Truggestalten eines Alptraumes vorgegaukelt hat.«

*

Hubert ist zurück. Er steht in meinem ärmlichen Zimmer. Ich kann kaum einen Satz sprechen. Hubert vermutet, ich sei betrunken. Wir haben sofort Streit, denn ich kann seine Papiere, die ich für ihn aufbewahrt habe, nicht wiederfinden.

Unser Streit eskaliert.

Er schlägt zu,

er schlägt mir ein blaues Auge –

genau, wie der Vater es getan hat,
genau, wie Lohse es getan hat.

Warum schlägt mir jeder ins Gesicht?

Es gibt vieles, was ich nicht verstehe.

Es herrscht Aufruhr in meinem Hirn. Die Stimmen machen mich verrückt. Zunächst ist es nur ein rauschendes Raunen, ohne einzelne Wort unterscheiden zu können, dann kristallisiert sich eine Stimme heraus, deren Worte ich verstehen kann. Sie sagt mir immer wieder, ich müsse mich vorsehen, ich würde vergiftet werden. Immer wieder wiederholt sie diese Drohung, wobei die Lautstärke und das Tempo des Gesprochenen variieren. Ich klatsche mir mit den Händen an den Kopf, ich hämmere mit den Fäusten auf meine Stirn ein. Ich will die Stimmen aus mir heraustrommeln. Weg, weg, fort mit euch!

*

Ich laufe zu Baader und bin davon überzeugt, dass mein Zimmerwirt mich vergiften will und auch Lohse im Sanatorium vergiftet werden wird. Baader versucht mich zu beruhigen. Die Pille, die der Vermieter mir angeboten hätte, sei eine Beruhigungspille gewesen, die er mir gegen meine Unruhe geben wollte. Ich glaube Baader nicht. Auch er hat sich gegen mich verschworen! Ich hetze in den Flur, reiße die Wohnungstür auf. Wie ich nach Hause kam und was dann passierte, weiß ich nur verschwommen. Ich habe große Erinnerungslücken.

*

*

*

Hubert erzählt mir später alles.

Während ich auf dem Weg nach Hause bin, ruft Baader Hubert an und vereinbart mit ihm, er solle mich beaufsichtigen. Es folgt eine schreckliche Nacht, ich habe unbeschreibliche Ängste, mein Gesicht ist mit Schweiß überzogen, meine Augen flackern, meine Halsadern schwellen an, ich kreische meine Angst hinaus, ich fühle mich von Hubert bedroht, ich boxe und trete ihn, brülle und schreie in einem fort mit vollkommen verzerrtem Gesicht, meine Muskeln spannen sich stählern, ich habe die Kraft einer Tobsüchtigen, ich trommele mit meinen Fäusten immer weiter auf ihn ein, schlage und stoße.

Hubert versucht mich zu packen, erwischt mich am Handgelenk und kann mich schließlich von hinten fest umklammern, ich spüre, wie mein Herz hämmert und zu bersten droht, ich winde mich in seiner Umklammerung, aber er hält ihr stand, ich weiß nicht, wie lange wir so dastehen, ich weiß gar nichts. Ich nehme wahr, wie mein Körper zusammensackt. Mein heiseres Schreien verebbt und geht in Wimmern über.

Hubert wartet noch eine Weile, dann legt er mich aufs Bett, ich habe keinerlei Kraft mehr, bleibe vollkommen erschöpft liegen und winsele. Hubert wischt mir Tränen und Schweiß vom Gesicht und deckt mich zu. Meine Augen fallen zu, meine Mundwinkel erschlaffen.

Während ich schlafe, ruft Hubert Baader an. Baader ist der Meinung, ich würde mit meinem Durcheinander nicht mehr fertig, ich wolle weg von der Wirklichkeit und rutsche dabei in den Abgrund, es sei einfach zu gefährlich.

Baader telefoniert mit Lohse und besorgt die Einweisungspapiere für die Anstalt.

Als ich erwache, bin ich wieder ansprechbar, ich bin ruhig, vielleicht noch ein bisschen verwirrt, aber wieder in der Realität angekommen. Um mich nicht aufzuregen, belügt Hubert mich und behauptet, sie würden mich zur Erholung in ein Sanatorium bringen. Ich nicke.

Hubert muss eingeschlafen sein, jedenfalls gelingt es mir, aus der Wohnung zu fliehen. Als er meine Flucht bemerkt, läuft er die ganze Nacht durch die Straßen und sucht mich, bis er schließlich aufgibt.

Am frühen Morgen kehre ich zurück, als wäre nichts geschehen; ich wasche mich und putze mein Zimmer. Baader kommt, und ich trinke mit Hubert und Baader Tee. Ich bin sehr friedfertig.

Baader bläst zum Aufbruch. Ich gehe mit, ohne mir darüber klar zu sein, was geschieht. Ich nehme plötzlich an, wir würden zum Karneval fahren, doch wir machen uns auf den Weg nach Eilbek. Auf dem Parkplatz des Anstaltsgeländes glaube ich, im Zoo zu sein und frage nach den Tieren.

Erst als die Tür hinter mir zufällt,

erkenne ich,

wo ich bin,

gerate in Panik,

tobe und schreie,

schlage um mich.

Je heftiger ich mich zur Wehr setze, desto sicherer ist, dass ich bleiben muss, und so hält man mich, mit Leibgurten festgezurrt, im Bett gefangen.

*

Ich lerne das Gefühl kennen, gegen meinen Willen in einer

Irrenanstalt eingesperrt zu sein und in allem, was ich sage, nicht für voll genommen zu werden, lerne, wie es ist, sich den Regeln meiner Wärterinnen unterordnen und fügen zu müssen, wenn ich jemals wieder herauskommen will,

und ich will raus, nur raus!

Aber ich bin eingesperrt und niemand holt mich.

Anna Frieda Lohse, 4. Dez. 1899, geborene Wächtler.

Größe: 159 Zentimeter, Gewicht: 50 kg, Statur: mittelkräftig.

Hamburg 22, Staatskrankenhaus Friedrichsberg, Haus 10.

*

Patientin ist sehr zerstreut.

Liegt ständig verkehrt im Bett mit den Füßen nach dem oberen Ende.

Ist bei Anrede ratlos.

Starke Ambivalenz des Willens.

Stimmungslabil, weinerlich.

*

Ich verstehe nicht, was vor sich geht, ich habe nicht einmal die Chance zu verstehen. Was soll ich hier? Warum bin ich hier eingesperrt?

Das Einzige, was ich sicher weiß, ist, dass ich malen muss. Ich muss malen!

Ich schreie nach Stiften und Papier. Man gewährt sie mir. Arbeit sei das beste Mittel gegen Verwirrung, sagen sie.

Ich liege im Bett, zeichne meinen hoffnungslosen Blick, der durch wirre, schwarze Haarsträhnen sticht, die wie ein Trauerschleier meine Stirn bedecken, zeichne mein blaues Auge, schraffiere den linken Tränensack als tiefen Schatten der Gewalt, zeichne meine breiten Nasenflügel und den gewölbten, ernsten Mund, der, verstummt vor Entsetzen, in meinem Gesicht liegt.

Ich höre nicht mehr auf zu zeichnen. Alles, was sich in den letzten Wochen in mir gesperrt hat, explodiert. Mein Stift fliegt über das Papier. In der Anstalt wohnt die Wahrheit, hier schämt sich niemand seines Zustandes, ich male diese Wahrheit, ich male Köpfe, male und zeichne die Köpfe meiner Mitpatientinnen, Köpfe, die nichts verbergen, Köpfe, die die Welt der Empfindsamen zeigen, der Menschen, die die Außenwelt nicht ertragen haben, Köpfe, in denen Trauer, Wut und Zerrissenheit leben, die den Menschen in der einst normalen Umwelt zugefügt worden sind, Menschen, die Verletzungen und die Schmerzen nicht mehr ertragen haben, die erlebten Enttäuschungen, die Verlassenheit, das Ausgestoßensein, verzerrte, knollige, asymmetrische, verkantete und verschrobene Gesichter mit Augen, die in eine Welt blicken, die außerhalb dessen liegt, was als normal gilt, alle diese Köpfe sind ich, alle diese Köpfe beherbergen Gesichter, in denen ich mich selbst widerspiegele, ich zeichne sie von Tag zu Tag, von Stunde um Stunde, und wenn sich eine Mitpatientin weigert, sich für ein Porträt zur Verfügung zu stellen, schlage ich so lange mit dem Löffel auf sie ein, bis die Pfleger kommen.

Am liebsten würde ich auch in den Nächten malen.

Ich muss malen!

Haut leichengrün, Augenhöhlen blaugrau, Mund grellrot, Wangen rotfleckig, Adern blau, Augen starr, Augen entrückt, wirres Haar, vorgestreckter Kopf, Licht von unten.

*

Patientin nimmt sich den Saalmantel und malt unaufhörlich in einem fort.

Patientin setzt sich vor den Spiegel und malt sich selbst.

Zeichnet ihre Mitpatienten und Winterlandschaft.

Will die Kranken mit Gewalt malen, auch wenn dieselben sehr dagegen sind.

Scheinbare Normalität wechselt mit schwerer Unruhe.

Sehr unruhig. Weint und läuft im Saal umher, ohne zu wissen, warum.

Führt Protesttänze auf.

*

Ich schlucke meinen Widerstand nicht hinunter, ich lebe ihn aus. Ich bin keine Patientin! Ich bin unter den Kranken fehl am Platz!

Der Körper, in den die Nadel eindringt, ist mein Körper. Der schmerzende Stich lässt mich in meiner Auflehnung innehalten, dann gleite ich in die Betäubung. Über meine Wut legt sich eine dumpfe dunkle Wolke.

*

Besuch von Baader. Er fordert mich auf, mit dem Arzt zusammenzuarbeiten und ihn nicht als Beauftragten der Kriminalpolizei anzusehen. Der Arzt sei mein Freund, ich solle mich nicht scheuen, mich vor ihm zu entblößen, ihm all meine Nöte und meinen ganzen Schlamassel anzuvertrauen. Erst dann würde ich wieder ins richtige Fahrwasser kommen. Er fragt, warum ich all die dummen Geschichten anstelle, ich solle meine Leidenschaft beschränken und klug sein.

Was ist klug? Ist es klug, seine Leidenschaft zu beschränken?

Die Leidenschaft ist der tiefste Sinn meines Lebens.

Es gibt Gefühle, sagt Baader, die ohne Schranken hervorbrechen und erschreckend sind. Sie führen zu gefährlichen Verhaltensweisen, wenn sie außer Kontrolle geraten.

*

Ich schreie etwas; meine Worte kommen nicht als deutsche Wörter über meine Lippen, sie sind ebenso unverständlich wie meine Realität, in der ich stecke. Weder die anderen noch ich selbst kann mich verstehen.

Wei van tu ro targo ti rutogat fabe doli

Welt ohne Regeln mit fremder Sprache.

Zorn!

Bettfesseln.

*

Endlich darf ich das Zimmer verlassen, aber meine ruhigeren Stimmungen schlagen immer noch um in vehemente Wutausbrüche und Angstzustände. Immer wieder lebe ich in der mich bedrohenden inneren Welt. Trugbilder schieben sich zwischen die Menschen, und ich nehme das, was ich sehe, als Realität.

*

Liebe Laus!

Du hast den Willen zur Vernünftigkeit verloren. Hier scheidet sich die Art, mit der Du diesen Erfahrungen gegenüberstehst, von der Art, mit der ich die meinigen anpackte. Niemals habe ich den Willen zur Vernünftigkeit verloren.

Darum fand ich auch immer schnell die Vernunft wieder, wenn sie mir verschüttet worden war durch Außervernünftiges.

Ich zweifle nicht an der Wirklichkeit Deiner Erfahrungen: Ihre Wirklichkeit ist aber eine außervernünftige. Die Zusammenhänge und Zusammenrottungen, Zusammenballungen, Unternehmungen, die Dein Beobachten feststellt, liegen unterhalb (oder oberhalb) des vernünftigen Gangs der Dinge. Sie gehen neben ihnen her, ohne dass die anderen »unterhalb ihrer Vernunft mitwirkenden« davon wissen. Was also kann Dir alles innere Zusammenrotten schaden, wenn Du es mit Vernunft bewältigst; das heißt: wenn Du zu unterscheiden verstehst die im Äußeren, Bürgerlichen spielenden und im Bürgerlichen m ö g l i c h e n Dinge, von denen, die nur in der inneren Magie spielen.

Früher konntest Du diese zwei Sphären unterschei-

den. Früher warst Du vernünftig. Augenblicklich bist Du es nicht, weil Du die beiden, völlig getrennten Sphären durcheinandermengst.

Da die bürgerlich menschlichen Dinge, in denen Du mit uns allen stehst, nur eine bürgerliche Behandlung ertrugen, ohne dass sie Dich erschlagen, so musst Du so lange an dem jetzigen Ort Deines Aufenthalts gegen das Erschlagen geschützt werden, bis Du wieder vernünftig, das heißt, zur bürgerlich genügenden Kontrolle Deines Erfahrens fähig wurdest.

Das wird erst geschehen, wenn Du den Willen zur Vernünftigkeit wiedergefunden hast. Also bitte, strenge Dich ein wenig an!

Herzlichsten Gruß
Baader

*

Langsam löst sich der Nebel. Es ist, als würden Sonnenstrahlen den Schleier durchbrechen. Ich kehre benommen und unendlich erschöpft zurück wie aus einem Albtraum. Ich weiß wieder, was ich denke und wer ich bin.

Mich fröstelt. Ich habe eine Welt kennengelernt, die für mich zuvor nicht existiert hat. Es war ein so intensives Erlebnis, ich hätte darin verschwinden können. Aber ich habe meine Krise überwunden. Man sagt, ich sei freundlich und lache sehr viel. Ich sei hilfsbereit, ruhig, besonnen und aufgeschlossen. Ich soll mich nun etwas mehr um meine wenig sorgfältige Kleidung kümmern.

*

Baader besucht mich. Ich beknie ihn, für meine Entlassung zu sorgen, weil Lohse in Kur und Hubert noch minderjährig ist.

»Es ist vorbei«, sage ich, »ich spüre keine Unruhe mehr, muss nicht mehr davonlaufen. Ich fühle mich nicht mehr bedroht.«

Baader umarmt mich.

»Wären Geld und Haus und Menschen, die dich ständig hätten betreuen können, vorhanden gewesen, hätte sich deine Einweisung vielleicht erübrigt.«

*

Baader hat mit Lohses Einverständnis einen Brief an den Arzt verfasst und um meine Entlassung gebeten, da ich wieder stabil und nicht mehr gemeingefährlich sei.

*

Ich bin frei! Der Arzt hat meine Entlassung bewilligt!

In seinem Abschlussbericht vermerkt er, er könne aufgrund meines nur kurzen, zweimonatigen Aufenthaltes keine eindeutige Diagnose stellen, es könnte sich bei mir sowohl um eine vorübergehende Psychose, als auch um Schizophrenie handeln.

Vielleicht habe ich mich versteckt, damit die Wirklichkeit mich nicht findet, ich sie nicht spüren muss. Lohses Kinder, – ich habe die Geburten der Kinder und all das nicht verwunden.

Ich will nicht weiter darüber nachdenken. Ich wünsche mir, ohne den Kopfdruck und die Angstzustände zu leben. Ich will meinen gesunden Rhythmus wiederfinden und malen, nur malen.

*

Liebe Eltern!

Gestern bin ich wieder von Friedrichsberg zurückgekommen und sende Euch zu Ostern die herzlichsten Grüße, hoffentlich seid Ihr gesund.

Habt auch besten Dank für Eure Karte und sagt auch der Tante für ihre Grüße herzlichen Dank und beste Wünsche von uns.

Ich fühle mich jetzt wieder ganz wohl und hoffe, dass auch Ihr alle gesund seid.

Ich dachte heute früh an Euch, ob Ihr wohl nach der Quelle gewandert seid?

Heute war hier das Wetter ziemlich rau, sonst wären wir etwas spazieren gegangen. Morgen gehen wir vielleicht mal in die Kunsthalle oder in ein Museum. Schreibt bitte bald mal wieder, man ist jetzt in den aufregenden Zeiten wirklich froh, von seinen Leuten was zu hören. Grüßt auch die Tante herzlichst und sagt ihr besten Dank für ihre Karten. Der Mutter noch nachträglich meinen besten Wunsch zum Geburtstag. Ich war in Friedrichsberg nicht im Stande zu schreiben.

Nochmals alles Gute von uns allen.

Frieda und Hubert

1929–1932

Ich bin blöde genug, trotz aller Erfahrungen immer noch zu glauben, dass es doch noch Menschen gibt.

Elfriede Lohse-Wächtler

Ich bin wieder in meiner Wohnung. Der Anstaltsaufenthalt steckt mir in den Knochen. Ich betrachte meine Bude aus der Distanz heraus. Wie lebe ich hier? Wie soll es mit mir weitergehen? Was soll diese Frage? Ich werde weitermalen und Bilder verkaufen, oder eben wieder batiken.

Lohse ist aus der Kur zurück. Alle Hoffnung, seinen Sängerberuf noch einmal auszuüben, ist dahin. – Ich will nicht mehr über Lohse nachdenken. Ich habe genug mit mir selbst zu tun.

*

Ich knie auf dem Boden, umringt von meinen Zeichnungen aus der Anstalt. Seit Tagen bin ich damit beschäftigt, eine Mappe zusammenzustellen. Ich hasse es, meine Bilder anzubieten, mir liegt es nicht, sie vorzustellen und anzupreisen. Die Freunde haben mir oft vorgeworfen, mich nicht um Ausstellungsmöglichkeiten zu kümmern. Aber jetzt muss es sein. Ich muss mich überwinden und allen Mut zusammennehmen.

Endlich habe ich eine Auswahl getroffen. Mit der Mappe unter dem rechten Arm fahre ich zu Maria Kunde. Ich stehe vor der Eingangstür, wische meine schwitzende Hand am Rock trocken, bevor ich läute.

Das Dienstmädchen öffnet. Sie führt mich in das Empfangszimmer und bittet mich, einen Moment zu warten. Ich sitze mit meiner Mappe auf den Oberschenkeln in einem Dschungel von Zimmerpflanzen. Es dauert keine Minute, bis die Galeristin den Raum betritt. Ich blicke in ein sanftes freundliches Gesicht ohne harte Konturen. Frau Kunde begrüßt mich. Ihre warme Stimme und ihre Liebenswürdigkeit machen mir Mut.

Nach ein paar Floskeln reiche ich ihr die Mappe. Ich bin nicht zum Reden hergekommen. Sie soll in die Mappe sehen. Ich will nicht länger warten. Jedes Warten bedeutet für mich Marter.

Sie schreitet mit der Mappe zum Tisch in Fensternähe, legt sie dort bereit, um die Bilder bei Tageslicht zu betrachten. Behutsam öffnet sie den Pappdeckel. Das Papier raschelt. Sie nimmt ein Blatt nach dem anderen in die Hände. Sie betrachtet jedes einzelne Bild, sagt nichts, schaut nur.

Ich bin vor Anspannung wie gelähmt.

Sie beachtet mich überhaupt nicht. Die Bilder einer Verrückten aus der Irrenanstalt, wird sie denken, ich muss ein paar beschwichtigende Worte finden, um der Lohse-Wächtler zu sagen, dass sie nichts sind.

Warum bin ich hierher gekommen? Mir wird heiß und kalt. Ich will nicht länger bleiben, springe auf, um mir meine Mappe zu holen.

»Warten Sie«, ruft die Kunde, »so warten Sie doch.«

Sie richtet mir ihre leuchtenden Augen entgegen:

»Ich kann es Ihnen jetzt schon sagen, Frau Lohse-Wächtler, Ihre Bilder sind einzigartig, ich werde sie im ›Kunstsalon‹ präsentieren.«

*

Die Vernissage ist eröffnet, der Salon am Hauptbahnhof ist mit Besuchern überfüllt. Ich stehe mit Lampenfieber neben Maria Kunde, die in wenigen Minuten die Begrüßung spricht.

Ich schaue mich um. Die Bilder von meinen Verrückten ziehen sogar die Presse an. Freunde, Bekannte, Kritiker sind anwesend. Auch Hubert ist gekommen. Maria Kunde ergreift das Wort, stellt mich und meine Arbeiten vor.

Ich erröte vor so viel Lob.

Beifall, der mir gilt.

Selbstbildnis
Eine Patientin
Eine alte Patientin
Sitzende Frau im blauen Kittel
Eine Schlafende
Liegender Frauenkopf
Schmerzhaft-Ruhende

Die Menge schiebt sich durch den Salon. Jeder im Raum spürt die Intensität, die von meinen Bildern ausgeht. Niemand kommt auf die Idee, die abgebildeten Menschen aus der Anstalt oder mich als Künstlerin zu verlachen. Die Bilder zeigen die Vielschichtigkeit der Welten in uns.

Jeder einzelne Mensch trägt seine eigene Wahrheit in sich.

*

Ich lese die Zeitungen. Die Kritiker loben meine Bilder aus der Welt des Irrenhauses in höchsten Tönen: das Rätsel Mensch sei erfasst und gestaltet, ein Aufschrei bedrängter Kreaturen seien meine Bilder, in ihnen lebe der nackte bloße Mensch, ich sei mit jedem Atom meines Wesens ein Künstler, nicht nur mit der Hand. »Man spürt, wie gepackt sie ist von mehr als einer malerischen Aufgabe, man spürt, wie ihr Malen das Offenbarmachen eines geistigen Inhaltes ist.« Ich werde mit Kokoschka verglichen, meine Kollektion fessele unbedingt stark und nachhaltig, die Kraft und der Gehalt vieler dieser Zeichnungen höben mich hoch über den Durchschnitt empor.

»Die künstlerische Qualität ihrer Blätter ist hoch, die tiefe seelische Erregung und innere Spannung ihrer Urheberin hat sich auch auf die künstlerische Äußerung übertragen. Nun handelt es sich bei diesen Arbeiten aber keineswegs um Schöpfungen eines naiven Menschen und Dilettanten, sondern eine tüchtige Könnerin, die schon früher Proben von Talent und künstlerischer Geschicklichkeit abgelegt hat, war hier am Werke«, schreibt das Hamburger Fremdenblatt.

»Elfriede Lohse-Wächtler ragt gegenüber dem heutigen Plätscher-Niveau empor – sie ist entschieden eine Entdeckung.«

Ich bin mit den Friedrichsberger Köpfen von einem Tag auf den anderen bekannt geworden! Ich bin die Künstlerin, die Wahrheit abgebildet hat.

*

Die Hamburger Kunsthalle hat die Pastelle ›Eine Schlafende‹ und die ›Schmerzhaft-Ruhende‹ gekauft!

Die GEDOK richtet für mich eine Ausstellung mit Aquarellen und Ölbildern aus, in einer weiteren großen Ausstellung sollen meine Bilder mit Bildern von Kokoschka, Kandinsky, Klee, Nolde und anderen modernen Künstlern gezeigt werden.

*

Künstlerhaus Altona. Bilder von Lohse und mir werden präsentiert. Ist Lohse auf die Idee einer gemeinsamen Ausstellung gekommen, um von meinem Erfolg zu profitieren?

Ich lese im Hamburgischen Correspondenten: »Die beiden Lohse, Kurt und Elfriede Lohse-Wächtler, stehen mit ihren Arbeiten im Schnittpunkt zweier Auffassungen der malerischen Aufgabe. Expression und Impression gehen bei beiden eine glückliche Ehe ein.«

Ich lache bitter auf.

»Die Arbeiten Elfriede Lohses verraten wieder neue Seiten dieser reichen künstlerischen Persönlichkeit, die eine der stärksten Hamburger Begabungen ist.«

Warum spüre ich meine Verlassenheit stärker als meinen Erfolg?

*

Ich habe kein Geld mehr. Ich überlege, wen ich außer Baader noch ansprechen kann. Mir fällt Adrian Dietrich ein. Er lebt seit Kurzem in Hamburg und arbeitet im Altonaer Stadtarchiv. Ich nehme ein paar Arbeiten und mache mich auf den Weg zum Rathaus. Ich bin sicher, dass er ein Bild kaufen wird. Als er noch in Dresden lebte, habe ich das Titelblatt für sein Buch ›Die Maske des Todes‹ gezeichnet. Er kann es nicht vergessen haben.

Dietrich ist über meinen Besuch im Archiv verwundert. Er sagt, ich sähe blass aus, und fragt, ob ich krank sei.

Er kauft mir einen Hafenarbeiter ab, bedauert, dass die Not für Künstler Ende der Zwanziger Jahre noch größer ist als in den letzten Kriegsjahren.

Ich nicke. Er fragt mich nicht, wie ich lebe, er lädt mich nicht zu sich ein, er geht nicht mit mir essen.

»Adieu, Laus, alles Gute!«

*

Ich kann von den wenigen Blättern, die ich Freunden und ein paar Altonaer Sammlern verkaufe, nicht leben.

Der Senatsrat wollte meine ›Blankeneser Landschaft‹ kaufen.

Wegen »finanzieller Engpässe« hat man von dem Ankauf des Bildes Abstand genommen. Wohlfahrtsunterstützung bekomme ich auch nicht. Ich weiß keinen anderen Ausweg mehr, als den Senatsrat zu bitten, mir durch einen anderen Ankauf oder einen Auftrag beizustehen und aus meiner Notlage zu helfen.

*

Ich muss Bilder verkaufen. Ich schwindele den Leuten vor, was mir gerade sinnvoll erscheint, versuche, ein paar Blätter von Lohse, die noch in meiner Mappe liegen, als die meinen auszugeben. Auch mit seinen Bildern habe ich keinen Erfolg.

*

Ein Hoffnungsfunke! 60 Mark! Die Senatskommission hat die ›Landschaft mit Stadtsilhouette‹ gekauft!

Warum nimmt die Kommission nicht auch die anderen Hamburg-Landschaften?

Sie sind alle gut! Warum stellen sie nicht eine Hamburger Landschaftswand mit meinen Gemälden zusammen? 60 Mark reichen höchstens zwei Wochen. Und die Schulden kann ich immer noch nicht begleichen. Meine Miete steht auch noch aus.

*

Höre von Lohse, dass seine Bilder gepfändet wurden. Elsa hat ihn wie eine Furie beschimpft, weil er ihrer Ansicht nach die Schulden an ihrer Verarmung trägt.

Lohse wird sich nie ändern.

*

Ich verkrieche mich im Bett, meine Hände liegen wärmend zwischen den Oberschenkeln. Ich grabe meine Nägel tief in meinen Handrücken, bis es schmerzt. Wieder kein Geld. Und immer noch Mietschulden. Wenn das so weitergeht, werde ich mein Zimmer nicht mehr halten können. Die Armut treibt mich in immer dunklere Kammern.

*

Mit nacktem Oberkörper trete ich vor den großen Spiegel und setze mich auf den bereitgestellten Stuhl mit der braunen Holzlehne.

Kopf, Schultern, Brust, Arme, mein erster Halbakt. Ich betrachte mich von außen und innen, male ohne zu denken, bis das Ergebnis vor meinen Augen erscheint.

Ich starre auf das wenig gefällige Bild. Eine alternde, enttäuschte Frau. Ihr Kopf vor schwarz-blauer Baumlandschaft, in die sich ihr Haar verliert. Drohendes Dunkel. Hoffnungslose, entrückte Augen rot umrandet, Gesichtshaut gelbgräulich, Kerben rechts und links der Nase. Mund ernst, fest geschlossen. Schultern hängend ohne Spannung. Brüste hängend, ohne Spannung. Oberarme bis zu den Ellenbogen gemalt, verlieren sich in handloser fahler Hautlandschaft, wie in eine Zwangsjacke gesteckt.

Ich bin 30 Jahre alt.

*

Ich male ein Selbstporträt nach dem anderen. Ich bin meine eigene Zuschauerin. All meine Empfindungen, mein Bewusstsein, meine Seele spiegeln sich in meinen Gesichtern, in der Strichsetzung und Farbwahl, im Rhythmus der Porträts wider.

Ich male mich in allen Zuständen, jedes Gesicht ist anders, jeder Strich, den ich ziehe, jede Farbe, die ich auftrage, zeigt mich, wie ich bin, wie ich mich fühle, ich spreche in den Bildern zu mir selbst, ich bringe eine Wahrheit auf die Leinwand, die andere vor sich selbst verstecken, ich mache meine Verletzlichkeit, meine beschädigte Seele, meine Not sichtbar.

Ich habe zweierlei Augen: die äußeren und die inneren. Die einen sehen, was ich schon weiß, die anderen, was ich noch nicht weiß.

Ich entdecke unbekannte Gesichtszüge an mir, frage mich, wie ich zu dem werden konnte, was ich nun sehe. Wer bin ich? Wie viele Ichs habe ich? Es ist, als wäre ich mehrere Frauen. Aber es ist nicht so. Das alles bin ich, nur ich. Manchmal wünsche ich mir, mein eigenes Gesicht nicht mehr betrachten zu müssen, aber die Präzision meines Blicks lässt mich jede Pore meiner auseinanderfallenden Welt erkennen.

Meine Gesichter starren mich an:

Selbstporträt in Grau
Selbstporträt im blauen Kittel
Selbstporträt mit blauem Kragen
Selbstporträt mit Hut
Selbstporträt im Spiegel
Selbstporträt und ein Schatten
Selbstbildnis vor leerem Blatt

Selbstporträt mit aufgelöstem Haar
Selbstporträt mit Handstudie

Die Farben verdunkeln sich, mein Gesicht wird immer schattiger. Aus weichen Konturen sind harte, schwarze Striche geworden. Die Falten sind immer dieselben, sie werden jedoch immer tiefer, bis sie mein Gesicht zerfurchen, bis sich derbe Kerben über meine Haut ziehen, als wäre eine Armee über mein Gesicht getrampelt. Meine Haare sind zerzaust, meine Augen starren mich an wie eine Fremde. Ich bin nicht ich, und doch bin ich ich.

Ich betrachte die Bilder. Meine Gesichter machen mir Angst. Mein Zerfall setzt sich von Bild zu Bild fort, ich sehe ihn, ich male ihn, aber ich habe keine Möglichkeit, ihn aufzuhalten, ich beobachte mich selbst dabei, wie ich nach und nach zersplittere, bis meine Augen auf dem Bild mich nicht mehr anschauen, ich mir selbst nicht mehr in die Augen sehen kann, meine Augen nur noch nach innen auf eine Welt voller Furcht und Verzweiflung schauen. Ich weiß nicht, wie die Bilder entstanden sind, blicke plötzlich auf ein fertiges Bild, das mich zeigt, wie ich bin. Etwas ist anders geworden, in mir schwelt etwas, das mir größere Angst macht, als ich jemals empfunden habe. Ich habe Angst, wieder den Verstand zu verlieren und nicht mehr zurückzukommen. Es ist nicht die Angst vor etwas, was mich bedroht, sondern ich gerate in eine Furcht vor mir selbst, vor meinen Schatten und Gedanken, in denen ich die Anzeichen des Wahnsinns zu erkennen glaube.

Nicht verzweifeln. Malen! Das ist das Wichtigste.

Malen, um die Einsamkeit zu überbrücken, um Halt bei mir selbst zu finden. Malen, um den Kontakt zu mir zu halten, mir Kraft zu geben, in meinem Elend zu überleben.

*

Ich wohne seit Kurzem in Altona, Rodenhof, in einem winzigen feuchten Zimmer ohne Ofen und Klo. Ich kann froh sein, dass ich hier untergekommen bin. Ein Bett, ein Stuhl, ein Tisch, ein Waschtisch. Mehr Möbel habe ich nicht.

Das kleine Fensterrechteck spendet weder Luft noch Licht. Es riecht schimmlig. Die hintere Wand ist verspakt mit schwarz-pilzigen Flächen, die sich von den Ecken her ausbreiten. Ich friere ständig, Kälteschauer durchfrosten mich im Schlaf, ich liege mitsamt meiner Kleidung unter der klammen Bettdecke. –

Ich habe wenigstens ein Bett.

*

Ich flüchte aus meinem Wohnloch, treibe mich auf Sankt Pauli herum und zeichne. Tag und Nacht stromere ich durch das Viertel, besuche Hafenkneipen und Bordelle. Ich steuere auf einen Barhocker zu, hoffe, eingeladen zu werden. Im ›Sandsack‹ bekomme ich, wenn ich Glück habe, eine Mahlzeit, Bratkartoffeln mit Sauerkraut.

Bilder kauft mir kaum jemand ab. Ich denke an Griebel. Als er in Hamburg lebte, hat er sich mit Vorlagen für das Tätowieren durchgeschlagen, er zeichnete Frauenakte, Segelschiffe, Felsklippen, Leuchttürme, Tigerköpfe. Er hielt dieses sinnlose Tun nicht lange aus und verließ die Stadt.

Wie lange kann ich hier in dieser Weise leben?

Ich male alte Männer, Grogtrinker und Leierkastenmänner.

Ich male Lissy. Sie posiert vor mir in ihrem knallroten engen Kleid, die linke Hand in die Taille gestemmt, die rechte mit Zigarette zwischen Zeige- und Mittelfinger. Provozierend und selbstsicher steht sie im Raum und schaut mich herausfordernd an. Sie ist eine stolze Dirne. Ich will das festhalten!

*

Musik, Stimmen, Licht, Frauen, Männer, Trunk und Spiel. Ich fühle mich in den Kneipen sicherer als in meiner schäbigen Bude, denn manchmal glaube ich, dass jemand in mein Zimmer eingedrungen ist. Ich rieche einen fremden Geruch oder höre kratzende Geräusche, als würden Fingernägel die Wand entlang schaben. Jeder Riss in der Tapete, jeder Fleck an der Wand birgt Unheil.

Da redet jemand. Was ist das? Ich höre meinen Namen.

»Da ist sie, los, die holen wir uns«, rufen Stimmen im Echo, aber ich sehe niemanden.

In solchen Momenten laufe ich hinaus, renne die schmale Stiege hinab, schaue nicht nach links und rechts, merke nicht, wie Passanten mich auf der Straße verwundert anschauen. Meine Beine hasten die Straße entlang. Sie jagen vorwärts in einer namenlosen Angst. Ich fliehe vor meinen Ängsten, denn ich will um jeden Preis den Verstand behalten. Ich sitze lieber im Zigarettendunst der Spelunken, rieche Qualm, billige Parfums und aufdringliche Rasierwasser. Ich beobachte die rot angelaufenen Gesichter der Männer und die aufreizenden Frauen, sitze auf dem Hocker, zeichne und male die Untersten der Unteren, Hehler, Betrunkene, Zigeuner, Prostituierte, Nackttänzerinnen. Ich male die fleckige Haut der Frauen und ihre schlechte Schminke, male alte Prostituierte, die dick und aufgeschwemmt auf ihren Hockern sitzen, male, wie sie stumpf und fühllos ihre Arbeit tun, um zu leben, zu überleben, male, wie sie breitbeinig auf dem Untersuchungshocker sitzen und auf den Amtsarzt warten, male ihre Welt, male sie würdevoll und ehrenhaft, ich sehe in ihnen den Menschen, ihre Seele, nicht das, was andere Sünde nennen.

Skizze. Die Dirnen auf der Herbertstraße warten auf ihre Freier. Sie stehen beidseitig in der schmalen Gasse, nacktbeinig und mit durchscheinenden Kleidern an den Türrahmen ihrer Liebeslöcher, die Beine gespreizt oder lässig an den Pfosten gelehnt, ihre Gesichter mit greller Schminke bestrichen, als würden sie ihre Seele darunter verbergen. Während ich zeichne, dröhnen ihre aufgerauten Stimmen durch die Gasse. Sie rufen den herumschleichenden, geilen Männern deutliche Einladungen zu, schwingen ihre Hüften und machen derbe Scherze.

*

Ich laufe durch die Dunkelheit. Ein Betrunkener fasst mir an die Brust. Ich stoße ihn zurück.

Er spricht mich an: »Wie viel?«

Ich gehe weiter.

»Hey, ich hab dich was gefragt.«

»Lassen Sie mich in Ruhe.«

Er packt mich am Arm.

»Nun komm schon, wie viel?«

*

Ich liege verschwitzt und klebrig auf meinem Bett. Es gelingt mir nicht, die Lider zu öffnen. Ich will sie nicht öffnen, will nicht, ich klammere mich an die Dunkelheit. Was ist geschehen? Was habe ich angerichtet?

Meine Nerven beben. Ich habe mich wie ein Tier gepaart, kann die mit Samengeruch, Schweiß, mit fremder Haut und Feuchtigkeit getränkte Luft nicht mehr ertragen, springe aus dem Bett und reiße das winzige Fenster auf. Während ich die eisige Luft einatme, bricht ein gepresstes Weinen aus mir heraus. Scheiße!

*

Ich male ›Die Verrufene‹, male Männer, aus deren blauschwarz gefärbten Gesichtern weiß aufblitzende Raubtiergebisse herausstechen, Hyänenmäuler, die sich auf die Frauen stürzen, male Frauenkörper, auf denen schwarzblaue Männerköpfe lasten, Hände die nach Brüsten greifen, male Frauen mit versteinertem Blick oder den Kopf vom Geschehen abgewandt, male Frauen, die alle meine gewölbte Mundform haben.

*

Der Geruch nach stinkenden, geilen Körpern umwabert mich und legt sich immer schwerer auf meine Brust. Je länger ich durch die Kaschemmen und Straßen ziehe, desto stärker stülpt sich meine Einsamkeit und Angst über mich. Meine Nerven werden immer dünner. Jedes Geräusch schreckt mich auf, die grölenden Stimmen, das Klirren der Gläser, Poltern der Teller, das falsche Lachen der Frauen, das Grunzen der geifernden Männer mit ihren Hyänengebissen, die danach gieren, sich in weiblichem Fleisch zu verbeißen.

*

Ich liege schlaflos im Bett. Meine Gedanken rotieren. Ich brauche Wäsche und Kleider, aber ich habe kein Geld dafür. Ich darf nicht krank werden, kein Zahnweh bekommen. Es reicht nicht einmal zum Essen und für Malutensilien. Wenn ich nur Farben und Papier hätte.

Auf Baader kann ich mich auch nicht mehr verlassen. Er verabscheut meine Art zu leben. Genauso wie Lohse. Glaubt ihr denn, ich lebe das alles zum Vergnügen? Und wo sind Londa und Felixmüller? Sie haben sich in Luft aufgelöst. Nur das Hochzeitsfoto in meiner Schatulle ist von unserer Freundschaft übrig.

Ich versuche zu schlafen. Ein durchdringendes Dröhnen setzt sich in meinen Ohren fest. Ich klatsche in die Hände, um es zum Schweigen zu bringen.

Das Grauen überkommt mich wieder. Ich kann nicht mehr atmen, als hätte jemand Gift in die Luft gemischt. Ich bekomme einen Schweißausbruch, werfe die Decke auf den Boden, springe auf, kauere mich in die Zimmerecke.

Ein Schrei ertönt. Ich fliehe aus dem Zimmer.

*

Ich laufe am Hafen herum, Fischgeruch und Fäulnis in der Nase. Die verdorbenen Gerüche treiben mich fort und machen mich mutig, etwas gegen meine Situation zu unternehmen. Ich gehe geradewegs zu Schacht & Westerich.

Ein glücklicher Tag! Ich erhalte Malgründe und Farben, echte Wathmannbogen und gute Schmincke-Aquarellfarben auf Kredit. Und ich habe einen neuen Skizzenblock. Er ist genauso faszinierend wie eine weißgrundierte Leinwand. Ich will etwas ganz Großes kreieren. Ich fühle mich plötzlich voller Energie, möchte sofort anfangen.

*

Elsa hat ihr drittes Kind geboren. Tatjana.

*

Schon mehrere Nächte nicht geschlafen. Tagsüber kann ich trotz Müdigkeit nicht ruhig sitzen. Meine Nervosität treibt mich. Ich laufe ständig hin und her, setze mich, springe wieder auf. Unrast, Unrast, mein Kopf wird wirr. Wieder diese Angst, den Verstand zu verlieren. Nicht noch einmal will ich das erleben, aber der Wahn lauert in meinem Kopf, als würde er nur darauf warten zu explodieren und mich mit sich zu reißen.

Ich schleppe mich in mein Zimmer und falle auf das Bett. Ich verstehe nicht, was geschieht, habe das Gefühl, als hätte ich einen Schlag auf den Kopf bekommen. Mit aller Anstrengung versuche ich zu denken, aber das Gehirn gehorcht nicht.

*

In Bruchteilen von Sekunden verzerren sich Gesichter zu Fratzen mit grauer faltiger Haut, glühenden Augen, die aus tiefen dunklen Kratern hervorstechen, Dämonen stülpen sich über mich, schwarze Mäuler mit gespaltenen Zungen schnappen nach mir, Hände, die sich zu Krallenklauen verformen, ergreifen mich.

Ich habe alles deutlich vor mir und bringe das, was ich sehe und fühle auf die Leinwand. Ich bin von einer rätselhaften Kraft beseelt. Ich male mich von einem Mann überwältigt. Einmal liegt er mich erdrückend auf mir, ein anderes Mal umklammert er mich und fasst mir an den Hals, um mich zu erwürgen. Eine Bestie mit Teufelsfratze kommt ihm zu Hilfe. Sie stürzt sich in einem Strom von Blut fliegend, von oben auf mich herab. Manchmal taucht der Mann auch als schwarze Silhouette hinter meinem Kopf auf. Es ist nicht schwer für mich, herauszufinden, dass ich wieder und wieder Lohse auf meinen Bildern verewige. Oder ist es der Vater, oder die Freier?

Es ist alles, was ich als schwere Last mit mir schleppe. Es ist alles, was mich bedroht.

Ich male Dämonen, die ein selbstständiges Leben bekommen, ich male brennende Häuser und schreiende Frauen, die sich in Sicherheit bringen müssen, doch das Böse kennt keine Gnade, das Böse ist auf dem Vormarsch.

Anfall
Flucht
Feuer im Dorf
Vor dem Dorfbullen
Ein Anflug
Aufschreiende Gruppe

In allen diesen Bildern stecke ich, in allen diesen Bildern steckt das Böse, die Bedrohung.

Ich male mich mit gramzerfurchtem, verschattetem und fragendem Gesichtsausdruck. Meine Augen stechen mir als weiße Punkte entgegen. Ich weiß nicht, wie die Bilder entstehen, weiß nicht, wie ich diese mich umzingelnden Wesen wieder loswerden kann. Mit dem Pinsel in der Hand male ich mich und frage mich, was vor sich geht.

Ich bin in eine Welt geraten, die alles Fassbare sprengt.

Ich rufe mir meine Landschaftsbilder ins Gedächtnis, um die Bilder, die mir Angst machen, zu verscheuchen, doch die Landschaften verschieben und verzerren sich, die Farben explodieren und setzen sich wieder zu Fratzen zusammen.

*

Ich kann mein Zimmer nicht mehr bezahlen. Mein Vermieter verlangt von mir, auszuziehen. Ich bitte ihn, noch Geduld zu haben, ich werde ein Bild verkaufen, sage ich, er solle auf das Honorar warten, doch er winkt ab und setzt mich vor die Tür. Er könne es sich in diesen Zeiten nicht leisten, ein Zimmer zu verschenken.

Meine Knie schlottern. Ich habe Tag für Tag geschuftet, habe mir kaum Zeit gegönnt. Habe mich so lange über Wasser gehalten. Jetzt stehe ich auf der Straße. Und niemand hilft mir. Meinen Freunden bin ich egal geworden, sie bedauern mich nicht einmal mehr.

*

Ich ziehe planlos durch die Kneipen, mit Block und Stift in der Tasche. Manchmal, wenn der Wirt mich argwöhnisch beäugt, habe ich Angst, hinausgeworfen zu werden. Mir graut davor, auf der Straße zu landen.

*

Es ist später Abend. Sankt Pauli füllt sich. Scharen von lärmenden Männern tummeln sich in den Gassen und Kneipen. Die Huren warten auf ihr Geschäft.

Ich sitze und zeichne, als ich auf einen Mann aufmerksam werde. Er betritt die Kaschemme. Ich kann den Blick nicht von ihm wenden, und auch er betrachtet mich. Er kommt auf mich zu, spendiert mir ein Bier. Wir verbringen den Abend.

Die Kneipen schließen. Nach und nach ersterben die letzten Musikfetzen, die aus den Spelunken dringen, und die Fensterlöcher werden dunkel. Auf den Straßen sind kaum noch Passanten.

Ich verlasse das Lokal und gehe mit Pablo in die Nacht hinein.

*

Ich lebe in Pablos Wagen am Rande der Stadt. Ich liege neben einem Mann, den ich nicht kenne. Ich glaube ihn zu lieben, tobe mich aus mit ihm, obwohl es sich nicht richtig anfühlt und mich quält.

Ich male mich sitzend mit nacktem Oberkörper, mein Kopf ist zur Seite gedreht, mein Blick abgewandt von Pablos schwarzblaufarbigem Schädel, der zentnerschwer auf meinem Oberschenkel lastet. Sein finsterer Kopf verdeckt meine linke Brust. Seine Lider sind schwarz verquollen, die Augen geschlossen. Ich habe ihm ein Hyänengebiss gemalt, das aus blutroten Lippen hervorsticht.

Ich male ihn so, wie er ist.

Mir wird bewusst, dass ich das alles nur durchlebe, um Lohse zu vergessen.

Ich muss fort.

*

Ich habe keine Bleibe mehr, lebe auf der Straße und in den Kneipen. Meine Kleider, Wäsche, Schuhe werden löchrig. Auch von innen zerfalle ich mehr und mehr.

*

Ich kann an nichts anderes als an Lohse denken. Ich bin ihm plötzlich sehr nah. Überall höre ich in all dem Kaschemmenlärm seine dunkle Stimme, die Arien singt, die Töne dringen an mein Ohr, ich träume, wie wir als Liebespaar, als Ehepaar zusammenleben, ich sehe seine Augen, rieche seinen Körper, fühle seine Wärme, den Hauch seines Atmens, spüre alles, was uns vereint. Ich vergesse für eine kleine Weile meine Armut, meine Angst, mein ganzes jämmerliches Dasein.

Ich bin mir meiner verklärten Sicht bewusst, erkenne die Lächerlichkeit dieses Gedankens, doch in mir wächst der Wahn, dass auch Lohse an mich denkt und auf mich wartet, auf seine Frau wartet.

Ich kann nicht leben ohne seine Nähe, und selbst wenn ich meine Hoffnungslosigkeit erkenne und mir vornehme, nicht zu ihm zu fahren, treibt es mich an seine Tür. Und so fahre ich nach Flottbek, wo er mit Elsa und den Kindern lebt, und besuche ihn, obwohl es für mich nicht auszuhalten ist, die Kinder vor mir zu sehen, meinen Mann als Vater und Elsa als Mutter zu erleben, eine Mutter, die ich gern gewesen wäre. Ich weiß, ich sollte es nicht tun, Lohse will es nicht, ich komme immer unerwünscht. Ich zerbreche daran, dennoch zieht es mich zu ihm. Es ist ein Zwang, ihn immer wieder zu besuchen, ein Zwang, der einhergeht mit der wahnwitzigen Hoffnung, ihn zurückzugewinnen.

*

»Der Tag verlor seine Farben. Die Sonne verschwand und das Abendrot verflatterte am feurigen Himmel. Es wurde dunkel. Und der Duft der Dämmerung schien sich fern hinter den Wäldern zu verlieren, wie ein Lied, das schweigt, wie ein Kuss, der stirbt.

Der See vor mir bewahrte, wie eine große Blume, noch für eine Weile, die Blässe des rosafarbenen Lichtes, den Widerschein einer hohen Wolke, die einsam im Blauen dahinsegelte.

Ich lag oben auf einem Hügel des Parks unter ein paar Büschen verborgen. Einige Meter darunter, mir zur Hälfte zugewandt, befand sich eine Ruhebank. Und nun wurde ich Zeuge einer seltsamen Szene. Ein buckliger Mann kam am See entlang, ein entsetzlicher Zwerg. Die Hälfte seines Gesichtes schien ihm außerdem einmal von einem Geschwür zerfressen zu sein. Denn man sah noch überall große Narben, die weißen Häute, die sich über fressenden Wunden bilden. Er ging einige Male vor der Bank hin und her, stand einen Augenblick still, ging wieder einige Schritte, sah nach der Uhr. – Er hatte ganz das Gebaren eines Verliebten, der auf seine Geliebte wartet. Er zog einen Brief aus seiner Tasche und las ihn. Dann drückte er auf den Namen am Schlusse einen langen Kuss.

Kein Zweifel, das Wesen da unten liebte, es war ein Verliebter.

Aber wer sollte ihn denn lieb haben, gab es denn jemand, der diese Liebe erwiderte? Ich war schon geneigt, an irgend eine Perversität zu glauben, als ich um die Ecke des Weges ein Weib biegen sah, das auf den Zwerg zuging. Er hatte sie schon erkannt, das Entzücken schoss in sein Gesicht, er lief ihr entgegen und begrüßte sie, strahlend vor Freude. Er legte die Hand um ihre Taille und zog sie zu der Bank her. Ich konnte der Frau nun gerade ins Gesicht sehen. Sie war vielleicht fünfzig bis sechzig Jahre alt, eisgrau schon, verwelkt, aber eine dicke Schicht Schminke lag auf ihren unzähligen Runzeln. Es war eine jener schrecklichen Huren, die sich auf keine Straße mehr wagen können, weil sie befürchten müssen, mit Steinen verjagt zu werden.

Nun sitzen sie nachts auf den Bänken eines Parks oder lauern in einem dunklen Gange, alten Spinnen gleich, die zwischen den Bäumen ihre Netze ausspannen.

Aber die Szene da unten auf der Bank hatte nichts von Gewerbsmäßigkeit an sich. Die beiden saßen nebeneinander, mit verschlungenen Händen. Sie versenkten die Augen ineinander, sie neigten sich zueinander und küssten sich. Nun erzählten sie sich etwas mit flüsternder Stimme, sie lachten, sie küssten sich wieder. Und ich hörte, wie die alte Hure sagte: ›Du bist ja das Einzige auf der Welt, was ich noch liebe. Ach, du kleiner Lilly.‹

Und er fasste ihre Hand, während ein Lächeln unsagbarer Zärtlichkeit über seine Narben lief, die in unzähligen kleinen Hautfalten zitterten.«

(Georg Heym)

*

Die Tür öffnet sich. Lohse hält Lilly auf dem Arm. Schweigen.

»Ich will meine Staffelei abholen«, sage ich, um etwas zu sagen, worauf er antwortet, er hätte keine Sachen mehr von mir, was eine Lüge ist, aber er beharrt darauf.

»Komm nicht mehr zu uns, Laus. Ich kann dir nicht helfen, wir haben nicht einmal für die Kinder genug zum Essen.«

Elsa stellt sich hinter Lohse.

Lohse sagt: »Geh bitte und komm nicht wieder.«

Ich stehe weiterhin starr in der Tür und hätte ihm zurufen mögen, warum er mich denn nicht fühlt, warum er nicht sieht, wie ich leide, warum er nicht bemerkt, wie sehr ich mir eine Berührung, eine Umarmung, wenigstens ein paar warme Worte wünsche, aber er sieht mich nur kühl und distanziert an wie jemanden, der nicht mehr zu seiner Welt gehört.

Sein Blick sticht wie ein Messer in mich hinein. Statt zu sprechen oder zu weinen bin ich in meiner hilflosen Wut und Enttäuschung gefangen, ich möchte schreien oder toben, etwas zerschlagen, etwas Böses tun, meine Nerven brennen wie Feuer. Bevor sie vollends verglühen und ich meine Kontrolle verliere, drehe ich mich um und laufe davon.

Meine Beine tragen mich fort, doch meine Flucht ist sinnlos.

Ich erkenne die grausame Wahrheit, dass meine Ehe vernichtet ist und ich dennoch an Lohse haften bleibe. Ich habe alles versucht, ich hatte künstlerischen Erfolg und alles getan, um meine Unabhängigkeit wiederzuerlangen, aber

ich bin gescheitert.

Lohse irrlichtert in mir und bringt Finsternis in mein Leben.

Mit ein bisschen Geld hätte ich es schaffen können, mit ein bisschen Geld müsste ich nicht im Dreck leben. Ich frage mich plötzlich, was ich hätte vollbringen können, wenn ich Lohse niemals begegnet wäre.

*

Hippodrom: Ich zeichne eine Manege mit drei im Kreis reitenden Frauen. Eine davon bin ich. Ein Mann mit Peitsche in der Hand steht in der Mitte und grinst mir entgegen.

*

Nachdem Kokoschka die Alma-Puppe hundertmal gezeichnet und gemalt hatte, veranstaltete er ein großes Fest, auf dem sein Dienstmädchen die Puppe mit all ihren schönen Kleidern zum letzten Mal vorführte. Als der Morgen graute, hackte er der Puppe den Kopf ab und zerschlug eine Flasche Rotwein über der Leiche.

*

Razzia. Die Polizisten dringen in die Kneipe ein. Sie besetzen auch die Hintertür. Einige stürmen die Treppe zu den Zimmern empor. Schritte poltern, Schreie ertönen, Fenster klirren. Es gibt viele, die etwas auf dem Kerbholz haben, und Illegale, die versuchen zu fliehen.

»Ich bin Malerin«, rufe ich, »hier sind meine Bilder!«

Die Polizisten nehmen mich mit. Ich muss die ganze Nacht auf der Wache verbringen. Ich sage, sie sollen mit meinem Mann sprechen.

Am frühen Morgen werde ich entlassen.

*

Unerträglich sind die schnaufenden und schmerbäuchigen Männer mit fettigem Haar und Pomadenschmiere, unerträglich die Kneipen, in denen es nach Alkohol und schlechtem Knaster stinkt. Ich kann die Frauen, die das Getatsche und die schmierigen Scherze lächelnd hinnehmen, nicht mehr sehen.

Höre Stimmen. Sie reden über mich, ich stürze auf sie zu, beschimpfe die Männer am Nebentisch, pöbele sie in Grund und Boden, will sie schlagen.

»Schmeißt die bekloppte Malerin endlich raus!«

Hausverbot!

*

Ich irre einsam und hungrig in meinen abgetragenen Kleidern durch die Stadt. Ich ziehe durch die Straßen, biege ab, nehme eine andere Gasse, ohne zu wissen, warum. Ich halte mein Bündel in der Hand und lasse meine Beine entscheiden, wohin sie mich leiten. Wo soll ich denn hin? Irgendwo muss ich doch bleiben. Folge den steingepflasterten Straßen, in denen es nach Urin stinkt.

Wenn mir die Augen zufallen vor Müdigkeit, suche ich mir eine saubere Ecke, in der ich ausruhen kann. Passanten gehen an mir vorüber, einige beachten mich nicht, andere mustern mich mit Befremden oder angeekelt.

Ich bin so müde, dass ich eindöse.

Ich schrecke hoch. Ein Polizist. Sagt, ich könne dort nicht bleiben, solle nach Hause gehen. Es bleibt mir nichts anderes übrig, als weiter durch die Stadt zu laufen, einer Wartehalle entgegen. Um die Obdachlosenheime mache ich einen großen Bogen. Ich gehe nicht in verlauste Massenquartiere mit verdreckten Decken auf Drahtpritschen. Ich halte Schmutz, Enge und Gestank nicht aus. Außerdem sind die meisten nur Männerquartiere. Tagsüber finde ich manchmal einen Platz in einer Kirche. Aber Kirchen sind kalt und nachts geschlossen.

Im Bahnhof kann ich ausruhen. Ich setze mich in eine Ecke im Warteraum. Auf den Bänken liegen Männer und Frauen, einige schlafen mit offenem Mund, den Kopf auf ihr Bündel gebettet.

Ich weiß nicht mehr, welcher Wochentag ist, Tage, Stunden, Minuten sind vollkommen belanglos geworden, alles hat seinen Sinn verloren, meine Kraft ist erschöpft. Sitze auf einer Bank im faden Licht des Wartesaals, während der Zeiger der Bahnhofsuhr im Schneckentempo von Minute zu Minute zieht. Da ist niemand mehr, bei dem ich mir Geld borgen kann, niemand gibt mir zu essen, wenn ich hungrig bin, alle Freunde haben sich von mir zurückgezogen, die Eltern allen Kontakt zu mir abgebrochen, seit einem Jahr erhalte ich keine Briefe mehr von ihnen. Auch Hubert ist fort. Er kann mein Leben nicht mehr mitansehen. Er ist wieder zu den Eltern nach Dresden gezogen. Auch er lässt mich allein.

Die Putzfrauen schlurfen mit Feudel und Eimer in die Wartehalle. Sie drehen alle Stühle um und stellen sie mit den Beinen nach oben auf die Tische.

Eimerscheppern. Sie greifen zum Schrubber und scheuern den Boden. Ich sitze auf der langen Bank, die an der Wand steht, und warte darauf, dass ich fortgewischt werde.

*

Jeden Tag laufe ich zum Hauptpostamt mit seiner vielversprechenden prächtigen Fassade. Jeden Tag trete ich durch das prunkvolle Portal im Turm, das in die große Halle führt, stelle mich am Schalter an, stehe in der Schlange, stehe und stehe, um nach Briefen und Paketen für mich zu fragen. Immer wieder dieselbe Auskunft: Keine Briefe, keine Pakete.

Keine Briefe, keine Pakete.
Keine Freunde, keine Familie.
Alle haben mich vergessen.

*

Ich setze einen Schritt vor den anderen. Mir schmerzen die Fußsohlen. Ich suche meine Manteltaschen ab nach einem in einer Falte hängengebliebenen Groschen. Nichts. Mich schwindelt vor Schwäche.

Ich habe seit Tagen nichts mehr gegessen und kaum geschlafen. Ich bin so hungrig, dass ich nur noch ans Essen denken kann. Ich gehe an einer Bäckerei vorbei, sehe und rieche die im Fenster ausliegenden Backwaren, glotze gierig auf die Brötchen und Kuchen, die Fein- und Schwarzbrote. Wenn ich wenigstens ein bisschen Brot hätte, aber ich habe kein Geld. Und die Uhr liegt schon im Pfandhaus. Ich drehe am Ehering. Ich werde mich nicht von ihm trennen!

Wut steigt in mir hoch. Wenn ich etwas zu essen hätte, würde sich mein Kopf wieder entwirren. Der Hunger macht mich wahnsinnig. In meiner Brust nagt es, und mein Bauch ist ein hohles, knurrendes Loch.

Seit wie vielen Tagen habe ich dieselbe Wäsche an? Ich sehe mich in der Spiegelung eines Schaufensters, sehe eine schmutzige Frau und erschrecke vor mir selbst.

Wenn ich sauber angezogen wäre, hätte ich vielleicht mehr Erfolg.

Ich fühle mich mehr und mehr wie ein Schmutzlappen, den man irgendwo in die Ecke geworfen hat. Ich bin zu einem dreckigen Stück Lumpen geworden. Armut stinkt. Die Menschen machen einen Bogen um mich. Ich rieche es selbst, rieche, wie der strenge und muffige Geruch mich umgibt. Ich kann meine Kleider nicht wechseln, habe nicht genug Möglichkeit, mich gründlich zu waschen. Manchmal kann ich mich bei Lizzy frisch machen. Sie dankt es mir, dass ich sie porträtiert habe.

*

Ich gehe auf die Wochenmärkte und in Läden und stehle, was ich an Essbarem ergattern kann. Ich frage mich, ob all das Leid, das ich durch die Straßen schleppe, jemals ein Ende haben wird.

Es gibt Tage, an denen ich in schöne Träume verfalle. Sie gaukeln mir vor, wieder ein Haus in Wehlen zu bewohnen – die Illusion hält nicht lange und wird abgelöst durch Schattenwelten, in die ich falle. Die Menschen verzerren sich abermals vor meinen Augen. Ich fürchte mich vor meinen gräulichen Halluzinationen, vor dem, was in meinem Kopf rumort.

Ich bemerke, wie etwas in meinem Innern weggleitet, es schwappt in meinem Kopf hin und her. Ich versuche, ruhig zu atmen, um dieses Gefühl zu vertreiben. Ich bin bei Bewusstsein, und doch spüre ich, wie sich ein Vorhang vor die Welt, in der ich mich bewege, zieht.

Ich beuge Kopf und Oberkörper auf die Oberschenkel herunter und umklammere die Beine mit meinen Armen. Wie lange soll dieses Elend noch dauern? Ich bin 32 Jahre alt und kann nicht tun, wozu ich geboren bin. Ich muss doch wieder malen! Ich hätte längst aus Hamburg heraus müssen. Es gibt niemanden mehr, der mir hilft. Keine Freunde, keine Wohlfahrt. Was soll ich machen, was?

Meine Nerven sind dünne Spinnfäden. Alles macht mir Angst. Etwas rast durch mein Hirn, und ich kann es nicht stoppen. Ich muss Hubert nach Dresden schreiben, solange ich meinen Verstand nicht verliere, ich muss ihm sofort schreiben.

Ich rüttele mich auf, versuche, aus der Angst herauszukommen, setze mich aufrecht hin, schlage mir auf die Oberschenkel und auf die Brust, reiße mich zusammen.

Lieber Hubert!

Es wäre ja wohl kein Fehler, wenn Du mir mal Näheres von zu Hause und Dresden schriebest, ich laufe jetzt schon jeden Morgen zur Post und finde nie was vor, hier ist der Kampf und Krampf ewig derselbe, wo man auch ist, es ist dauernd zum Weglaufen, überall sitzen Unken und glotzen, es ist zum Kotzen, befinde mich augenblicklich wieder in einer äußerst kritischen Situation, sodass ich heute entschlossen bin, den mir höchst peinlichen Weg zum Wohlfahrtsamt zu gehen, die Eltern werden mir ja doch höchstwahrscheinlich nicht helfen können, ich bitte nun noch den Eltern zu sagen, dass ich, wie schon im letzten Brief erwähnt, gerne einige Zeilen auch von ihnen selbst bekommen hätte, ebenso wäre es mir lieb, wenn ich wieder mal einige Wäschestücke zu sehen bekäme, denn ich brauche selbige dringendst (postlagernd) Altona. Der Zerfall beginnt schon wieder, was für das malerisch-künstlerische Weiterstehenwollen sehr zum Vorteil!? sein soll, zu deutsch, es ist zum Kotzen, und ich bin natürlich schuld, jetzt ist es Viertel nach fünf in der Früh, Hauptbahnhof.

Leider muss ich diesen Brief unfrankiert an Dich absenden, da mir das nötige Geld fehlt.

*

Ich sitze auf der Wartehallenbank, bin am Ende dessen, was ich ertragen kann. Ich will nicht in Hamburg bleiben. Ich muss heraus aus dieser widerlichen Armut, heraus aus dem Hamburger Dreckloch.

Ich bitte Hubert in krakeliger Schrift, mit den Eltern zu sprechen und sie zu bewegen, mich wieder aufzunehmen. Ich will zurück nach Dresden.

*

Immer wieder greife ich in die Manteltasche und befühle die Fahrkarte, die der Vater mir geschickt hat. Ich hetze zum Bahnsteig, der Zug ist noch nicht da. Noch zehn Minuten, bis er kommt. Ich lasse mich auf die Bank fallen, entzünde meine letzte Zigarette, nehme einen tiefen Zug, versuche, mich zu beruhigen. Es gelingt mir nicht. Ein Mann setzt sich neben mich, ich schrecke zusammen, springe auf, ersticke vor Angst, mein Kopf rollt einen Abhang hinunter, aber ich darf ihn nicht verlieren, muss doch weg von hier, wage nicht, mir vorzustellen, das Leben mit den Eltern, aber muss weg von hier, weg von dem Hamburg-Schmutz, weg von Lohse und den Kindern, muss ausruhen, wieder in einem Bett schlafen, Mutters Hühnersuppe essen mit den Sternchennudeln.

Mir ist, als sähen alle nur mich an, als wäre mir meine Angst auf die Stirn geschrieben.

Auf dem Nebengleis läuft ein Zug ein. Der Bahnsteig füllt sich mit immer mehr Menschen. Gepäckträger rufen und rattern mit Karren herbei. Ich halte das nicht aus, nicht aus, wann kommt endlich mein Zug? Ich stiere auf das Bahngleis, dort, endlich, er rollt herein, einsteigen, ich will so schnell wie möglich einsteigen. Wo ist die Dritte Klasse? Wo?

Endlich sitze ich auf der Holzbank. Niemand setzt sich neben mich. Ich bin froh, alles regt mich auf, ich fürchte mich.

Der Zug fährt endlich an. Ich höre das Rollen und Stampfen der Räder. Ich hänge meine Jacke an den Haken rechts vom Fenster und ziehe sie schützend über meinen Kopf. Ich schließe die Augen, versuche mich zu beruhigen und die düsteren Bilder, die sich in meinem Geiste zusammenbrauen, zu vertreiben.

Ich schrecke auf. Der Schaffner verlangt die Fahrkarte. Ich komme aus dem Mantelzelt hervorgekrochen und reiche ihm das Billett. Während er die Karte locht, verwandelt der Beamte sich in einen wabernden schwarzen Schatten. Aus dem Schatten dringt ein Arm, der mir die Karte zurückgibt. Ich suche nach Halt, schaue aus dem Fenster. Die Landschaft zieht sich zu einem grünen flirrenden Band zusammen. Der Streifen führt mich nach Dresden, in Dresden bin ich in Sicherheit. Ich atme und atme, um mich zu beruhigen und denke den Rest der Fahrt an Hubert.

*

Der Zug fährt in den Bahnhof ein. Ich spähe aus dem Fenster – Hubert steht auf dem Bahnsteig! Ich winke wild hinter der Fensterscheibe. Er hebt die Hand. Sein Gesicht lächelt.

Die Bremsen quietschen, die Waggontür öffnet sich. Ich stehe auf der Zugtreppe, Hubert kommt mir entgegen. Tränen treten mir in die Augen, ich habe das Gefühl, gerettet zu sein, laufe die Metallstufen hinunter direkt in seine Arme. Ich bin da, ich bin endlich da. Ich umklammere ihn. – Er dreht seinen Kopf zur Seite, nimmt mir das wenige Gepäck ab.

Wir gehen schweigend zur Straßenbahn. Hubert schießt einen Stein, der auf dem Weg liegt, ins Gebüsch.

*

Ich habe mein Bett und mein Zimmer, ich bekomme jeden Tag zu essen, ich trage frisch gewaschene Kleidung und muss kein Geld verdienen. Meine Ängste lassen nach. Ich finde neue Kraft zu malen. Ich habe so viel nachzuholen.

Ich laufe durch Dresden, hole meinen Block hervor und skizziere Stadtansichten.

Immer wieder zeichne ich die Loschwitzer Brücke mit ihren Eisenträgern, als sei sie für mich ein Symbol für etwas, das ich überwinden, überqueren muss. Das Pastell, das aus den Skizzen entsteht, nenne ich ›Blaues Wunder‹.

*

Jeder Winkel der Wohnung ist mit Spannung und Gereiztheit überflutet. In der bedrohlichen Schweigsamkeit der Mahlzeiten hört sich jedes Messerklappern wie Säbelrasseln an. Ich sehe die gefurchte Stirn des Vaters, seine pochende Halsschlagader, den verbitterten Zug um die Mundwinkel, sehe die vergrämten Augen der Mutter, die zur Schau gestellte Teilnahmslosigkeit Huberts. Ich versuche alle unguten Gedanken beiseitezuschieben. Was erwarten sie? Ich muss ohne Rücksicht auf die Wünsche der Eltern leben, anders geht es nicht.

*

Der Vater kommt wie ein Kampfhahn auf mich zu, spreizt die Flügel und kräht mir seine Empörung über mein Verhalten entgegen. Ich fahre meine Krallen aus und hacke mit dem geschärften Schnabel zurück. Die Federn fliegen, die Mutter steht den Gefechten zwischen Vater und Tochter wie immer hilflos gegenüber.

*

Hubert hat seine Sachen gepackt und ist nach Hamburg abgehauen, weg von mir und den Eltern. Hubert ist nicht mehr der kleine hilflose Junge, der keine andere Möglichkeit hat, als sich in der Zimmerecke zu verkriechen. Er ist erwachsen und kann gehen, wohin er will. Aber warum lässt er mich allein? Schon wieder lässt er mich allein.

Lieber Hubert!

Du hättest meiner Ansicht nach ruhig lieber hier bleiben können. Aber da soll der Kuckuck wissen, wer und was da immer herumquergelt. Zwar ist die ewige Sonnenlosigkeit dieser Wohnung manchmal wirklich nicht auszuhalten. Wenn uns so was wie das Haus in Wehlen gehörte, das wäre schön.

Schicke mir doch bitte, wenn möglich und noch in der Wirtschaft Lohse-Haun vorhanden, mein einflammiges Wachsflämmchen »Köcherchen«, zieh es aber vorher einmal am Rädchen über die Reeperbahn; beiliegend der Leiermann, versuch doch, ihn zu verkaufen.

Lange halte ich es hier nicht mehr aus, schon die Tatsache mitanzusehen, wie der Vater mit gleichmäßiger Ausdauer Woche für Woche knarrenden Schritts in der Frühe zur Arbeit stampft, entschlossen zur Arbeit bis zum Tod.

Bei der Mutter scheint sich der Name Lohse zu einem Komplex ausgewachsen zu haben. Ich könnte einfach davonlaufen.

Als es mich dieser Tage wieder einmal mit Macht auf den Bahnhof trieb, sah ich in einem illustrierten Blatt die Abbildung eines Herkulesbaumes in Kalifornien. Ich möchte diesem meinen Besuch abstatten. Welcher Ansicht bist Du? Und wie fängt man das an?

*

Ich habe eine frühere Freundin getroffen. Sie möchte, dass ich ihre dämlichen Windhunde porträtiere. Ich will es nicht!

Mir wachsen allmählich die Haare bergblau auf den Zähnen. Hoffentlich ist dies endlich der Anlass, selbst in alle Winde zu gehen, meinetwegen an den Ganges!

*

Merkt der Vater denn nicht endlich, welches Gefängnis er sich aufgebaut hat? Und die Mutter martert mich mit ihrem ständigen Ehrgeiz. Sie will, dass ich dem Gierlinger ein paar Blätter zur Ausstellung schicke. Ich kann darüber nur lachen.

»Er ist Architekt und arbeitet im Altonaer Bauamt, er hält was auf dich, Frieda.«

Ich sage der Mutter, sie soll mich in Ruhe lassen. Sie verhindert mit ihrem ständigen Gequengel, dass ich auch nur ein einziges Mal konzentriert und gesammelt wirklich Gutes erziele.

*

Hubert schreibt mir, dass Lohses Malschüler meine Gemälde als Malgründe benutzen.

Lieber Lohse!

Warum höre ich nichts von meinem Karton mit den Fotos und so weiter. Ich möchte nicht gerade, dass der Kram zu sonst welchen Zwecken in der Weltgeschichte herumgeschmiert wird.

Im Übrigen bildest Du Dir wohl hoffentlich nicht ein, dass es mir hier allzu üppig geht.

*

Herzrasen
Kopfschmerzen
Schwitzen
Atemnot

Ich laufe taumelnd durch die Wohnung und halte mir die Ohren zu. Ich höre wieder Stimmen, sie kommen von überall her, aus den Nebenzimmern, aus der Vase, aus der Toilette, die Angst zerreißt mich von innen heraus, ich finde keine Abhilfe für diese Angst, sondern gerate immer wieder in die gleiche Panik, ich weiß, meine Furcht entsteht in meinem Kopf, aber sie ist nicht eingebildet, für mich ist sie real.

Ich fliehe aus der Wohnung, irre durch die Stadt. Lärm und Hektik prasseln auf mich ein. Ich fühle mich bedroht, ich kann nicht fliehen, so sehr ich auch herumlaufe, die Angst steckt in mir, und mit jedem Schritt, den ich setze, schleppe ich sie mit mir. Die Straße verschiebt sich, ich klammere mich an ein Brückengeländer, ich kann einfach nicht mehr gehen, bin kurz davor, die Besinnung zu verlieren, versuche, mich zu beruhigen, meinen unregelmäßig voranpreschenden Atem zu verlangsamen. Plötzlich fällt mir Griebel ein, zu Griebel will ich gehen. Ich stoße mich mit den Händen vom Geländer ab. Die Straße tanzt immer noch unter meinen Füßen, ich gehe an den Hauswänden entlang, lehne mich zwischendurch an eine Mauer, schließe die Augen. Es hilft. Allmählich beruhigt sich die Wirrnis in meinem Kopf ein wenig. Ich schaffe es bis zu Griebels Atelierwohnung, stehe vor seiner Tür und drücke den Klingelknopf. Schrilles Schellen. Ich erschrecke.

Griebel lässt mich ein, er bemerkt, dass etwas mit mir nicht stimmt.

Ich bitte ihn um eine Zigarette, rauche gierig und berichte ihm von mir, von meinem Hamburger Leben, von den Bordellen, den Hafenkneipen, der Obdachlosigkeit, nehme wahr, wie meine Stimme ihren Halt verliert und meine Augen flackern. Griebel mustert mich mit skeptischem Blick, er bleibt reserviert, es täte ihm leid, er hätte nicht viel Zeit, müsse nach Berlin fahren. Ich bitte ihn, mich mitzunehmen.

»Das geht nicht, Laus. Ich habe selbst nicht genug Geld.«

»Ich übernachte auch auf der Straße, ich muss fort, Otto, nur fort von hier!«

*

Mein Fußknöchel ist gebrochen. Ich liege im Löbtauer Krankenhaus. Ich will nicht in der psychiatrischen Abteilung untergebracht sein, aber niemand hört auf mich. Ich sei zu unruhig, sagen die Ärzte.

Ich bin seit Wochen auf Station. Ich zeichne viel und habe einen Porzellananhänger für Hubert mit seinem Porträt in Arbeit.

Ich schreibe Hubert, dass es mir besser geht, ich ganz von vorn beginnen will mit neuen künstlerischen Plänen und sicherlich bald entlassen werde, weil der Fuß fast ausgeheilt ist.

*

Endlich komme ich aus der Klinik heraus. Ich nehme meine Kleidung aus dem Schrank, packe sie in die Reisetasche, sammle meine Malutensilien zusammen und lege sie in den kleinen Handkoffer.

Ich drehe mich im Kreis herum und klatsche vor Freude in die Hände.

Der Krankenwagen steht vor der Tür. Ich steige ein mit den vielen Ideen im Kopf, die ich verwirklichen will. Eine neue Serie mit Stadtlandschaften soll entstehen, und meine Porträts von einfachen Leuten will ich nun in einem neuen Licht und mit anderer Strichführung malen. Ich sehe alles genau vor mir, weiß aber, dass ich doch nur das male, was aus dem Moment heraus entsteht. Einerlei, endlich wieder arbeiten.

Die Fahrt dauert sehr lange. Der Fahrer schlägt nicht den Weg Richtung Voglerstraße ein. Ich mache den Pfleger darauf aufmerksam. Sie nähmen wegen einer Baustelle eine andere Route.

Der Wagen fährt aus der Stadt heraus. Ich werde unruhig, bin sicher, nicht auf dem Weg in die Voglerstraße zu sein. Aber wohin fahren wir denn sonst? Angst. Ich schlage um mich und schreie, man solle mich hier rauslassen, will aus dem Auto springen, was gar nicht möglich ist. Dann packen mich harte Hände und jagen mir eine

Spritze in den Oberschenkel.

Finsternis.

1932–1940

Worte springen wie giftige Schlangen aus dem Dickicht der Menschen und beißen sich fest an meinem Leib.

Elfriede Lohse-Wächtler

Ich liege mit 22 anderen Frauen in einem riesigen lang gezogenen Saal. Von der Decke hängen Glühbirnen, die mit blauem Stoff umhüllt sind. Ihr fader bläulicher Schimmer lässt uns aussehen wie Gespenster.

Wir schlafen in Eisengitterbetten, die eines neben dem anderen in zwei langen Reihen aufgestellt sind. Ich liege in der Mitte der weißen Gitterkette, die sich an der rechten fleckigen und bekritzelten Zimmerwand von der Tür aus gesehen befindet, es ist das achte Bett, es steht gleich neben dem Stuhl für die Nachtwache. Der Bettensaal heißt Schlafsaal, aber an Schlaf ist nur selten zu denken. Es ist stickig, und irgendeine Frau fängt immer an zu schreien oder zu weinen. Ich liege hellwach in Gestank und Lärm, bis auch ich schreie, denn wenn eine der Frauen zu kreischen oder um sich zu schlagen beginnt, überträgt sich ihre Wut und die Angst auf die anderen.

Es dämmert. Ich starre an die Wände. In ihnen nistet unsere Verzweiflung über die Welt da draußen, die Welt, die als Wirklichkeit gilt, die wir durchschreiten und erleiden mussten, um hier eingesperrt zu werden.

Ich schlurfe unter Aufsicht zum Wasserhahn und werfe mir kaltes Wasser ins Gesicht. Nach dem Zähneputzen beginnt ein weiterer Tag ohne Sinn.

Ich werde mit den anderen im Aufenthaltsraum aufbewahrt, einige Frauen hocken um den in der Mitte des Zimmers stehenden Tisch herum und machen Handarbeiten, andere starren mit toten Augen ins Leere; dann sind da die Frauen, die mit scharrenden Geräuschen umherlaufen, und die, die pausenlos die gleiche Litanei vor sich hinbrabbeln, ab und an ein Aufstöhnen, Schreien, Pöbeln.

Niemand spricht ein vernünftiges Wort mit mir. Ich habe keine Möglichkeit, mich zurückzuziehen, keine Tür ist abschließbar. Zum Bad mit den nebeneinander aufgereihten Wannen und zu den Toiletten führt eine breite Glastür, die immer offen steht. Ich kann nie allein sein, überall sind Frauen und die Aufsichtsschwestern, die uns Tag und Nacht bewachen.

Ich kann mich nicht gewöhnen

an das Eingesperrtsein und die Bewachung,

nicht gewöhnen

an die verstörten Gesichter, an das unzusammenhängende Gerede, an das Weinen, den hohen Singsang, der wie eine Säge klingt, an die nächtlichen Schreie, nicht an die Pantoffeln, die an die Wände schlagen, an das verlogene Visitelächeln der Ärzte, nicht an die Zwangsjacken, mit denen die Schwestern drohen, oder an die muskulösen Pfleger, die mit ihren steinernen Händen Frauen packen, um sie in die Jacken hineinzuzwängen und ihnen Beißringe zwischen die Zähne zu klemmen, wenn sie glauben, dass es nötig ist,

ich kann mich nicht gewöhnen

an das falsche Lächeln der Ärzte und die eigentümlichen Blicke der Schwestern, an ihre harschen Zurechtweisungen, an die Spritzen, die sie verabreichen, die Pillen, die sie uns in den Mund stopfen, an die Selbstverständlichkeit, wie sie uns herumkommandieren und duzen, weil wir ja als verrückt gelten und deshalb keine Würde besitzen. Warum bin ich hier?

Sie stecken mich »zur Beruhigung« in die Wanne, spannen eine Segeltuchplane über mich, bis nur noch der Kopf herausschaut. Erst am nächsten Morgen holen sie mich wieder heraus.

Manchmal wickeln sie mich in kalte nasse Tücher, bis ich mich nicht mehr bewegen kann.

Ich will

keine Spritzen,

keine Pillen,

keine heißen Bäder

und andere Behandlungen, an die ich nicht zu denken wage.

Ich wehre mich,

ich schlage die Schwestern, ich werfe den Essensmatsch aus Gemüse und Fleischresten an die Wand, obgleich ich weiß, dass ich in einer Irrenanstalt keine Möglichkeit habe, dem zu entrinnen, was man mit mir vorhat, und so bringt man mich, wenn ich zu sehr tobe, in die Isolierzelle, in den winzigen leeren Raum mit nichts als einer Matte darin.

*

Ich komme zu mir, von Dunkelheit umgeben.

Ich krieche auf allen vieren in der Finsternis herum, ertaste den Türrahmen, richte mich auf, trommele an die Tür und schreie nach Papier und Stiften. Niemand reagiert. Sie glauben, ich wehre mich gegen mein Gefängnis, aber ich will doch nur zeichnen, ich muss zeichnen!

Stille. Nur lautes Rauschen in meinen Ohren. Will doch nur zeichnen! Stille. Nur lautes Rauschen in meinen Ohren.

Ich lasse mich am Türrahmen hinuntergleiten, hocke mich auf den Boden. Blick ins Dunkle. In der Finsternis der Zelle sehe ich mich malen, sehe mich arbeiten. Ich stehe auf, taste mich an der Wand entlang und bestimme eine Fläche, auf der mein Bild entstehen soll. Ich ziehe meinen Finger über die geschwärzte Leinwand und male den Irrsinn, in dem ich mich befinde.

*

Wieder im Tagesraum. Von nun an darf ich zeichnen.

»Du da, lass das, hör auf, jetzt reicht es. Für wen

hältst du dich eigentlich?«, schreit Schwester Greta, die mich nicht ausstehen kann. »Glaubst du, du bist was Besseres?«

»Ich bin Malerin.«

Die Schwester prescht auf mich zu und entreißt mir meine Stifte.

Ich werfe einen Stuhl auf sie. Ich kann mich nicht beruhigen.

Höre, wie die Pfleger kommen und rufen, ich solle zur Vernunft kommen. Welche Vernunft meinen sie? Die der Ärzte, der Pfleger und Schwestern, die mit uns machen, was sie wollen? Was soll ich denn anderes tun, als mich gegen das Eingesperrtsein ohne Sinn und Behandlung zu wehren, ein Eingesperrtsein, bei dem es mir schlechter geht als zuvor?

Der Trotz hilft mir, mich nicht zu verlieren. Im Trotz wohnt mein Ich.

Spritze. Bettfesseln.

*

Mein Verstand hat sich wieder mit Monstern gefüllt, die mich packen und an mir zerren. Ich kann sie nicht abschütteln.

Ich habe Ausfälle. Über diese Zeit weiß ich nichts. Sie erscheint mir wie weiße Löcher mit nichts darin.

*

*

*

*

Ganz aus der Tiefe nur wenigen sichtbar
Steigt auf die Flamme meines Ichselbst.

*

Klare Wochen. Einige Frauen arbeiten für die Anstalt. Sie putzen die Säle, schälen Kartoffeln in der Anstaltsküche oder helfen in der Wäscherei.

Ich male und zeichne. Ich bin und bleibe Künstlerin. Mir hängt mit einem Wort gesagt, der Weiberrummel zum Hals heraus, aber ich kann malen. Schwester Greta lässt mich in Ruhe. Die anderen bewundern meine Bilder.

Die Bärin
La femme avec la grande tête
Alte Frau mit Nachthaube
Frau mit Halbschürze
Frau mit Schalkragen
Frau mit Hängebacken
Eine Kranke

*

Die Eltern besuchen mich abwechselnd oder zusammen zweimal im Monat, immer sonntags. Sie fahren mit der Bahn nach Arnsdorf, laufen den Weg zur Anstalt hinauf, durchschreiten das Tor, das auf das parkähnliche Gelände und die massiven Gebäude führt, die düster in der Landschaft stehen und 1.500 Patienten beherbergen. Es ist eine Welt, die sie zutiefst befremdet und beschämt. Sie sehen die vergrämten Wärterinnen, die kranken Frauen, riechen die Desinfektionsmittel, die mit Schweiß und verbrauchter Luft vermischt sind.

Ich blicke in die gequälten Elterngesichter. Ich schone sie nicht, sondern schreie ihnen meine Verzweiflung entgegen. Es sei ein Fehler, mich hier einzusperren, sie sollten doch hinsehen, ich sei doch nicht verrückt, verrückt würde ich, wenn sie mich länger in der Anstalt ließen. Ich sei dabei abzusterben, ohne Leben von draußen, ohne Luft und inmitten der unberechenbaren Weiber.

»Ich kann hier nicht länger leben!«

Der Vater sagt, ich wäre zu krank, sie könnten zu Hause nicht auf mich aufpassen. Die Ärzte seien der gleichen Ansicht. Er betont den guten Ruf der Arnsdorfer Anstalt, man müsse den Ärzten vertrauen, ich würde dort gesund werden.

»Ich bekomme keine Hilfe, sondern ich komme um!«

Auf Wiedersehen. Bis zum nächsten Mal.

*

Besuch von Hubert. Er behauptet, er hätte nichts von der Einweisung gewusst.

Er hat den Vater gefragt, wie alles geschehen ist. Der Vater hatte schon vor längerer Zeit Kontakt mit dem Hamburger Arzt aufgenommen, der mich in Friedrichsberg behandelte. Professor Weygandt schrieb ihm, bei mir könnte ein Spaltungsirresein vorliegen.

Der Vater sorgte daraufhin dafür, dass das Löbtauer Krankenhaus die Hamburger Krankengeschichte anforderte, dann nahm er Kontakt mit einem Arnsdorfer Arzt auf, erledigte alle Formalitäten und ließ mich nach Arnsdorf bringen. Ich wurde mit der Diagnose ›Schizophrenie‹ aufgenommen.

Wie viele Frauen sind hier eingesperrt, die von ihren Vätern oder Ehemännern eingewiesen wurden?

*

Wie heißen Sie?
Was sind Sie?
Wie alt sind Sie?
Wo sind Sie zu Hause?
Welches Jahr haben wir jetzt?
Welchen Monat?
Welches Datum?
Welchen Wochentag?
Wie lange sind Sie hier?
In welchem Orte sind Sie hier?
In welchem Hause sind Sie hier?
Wer hat Sie hierher gebracht?
Wer sind die Leute Ihrer Umgebung?
Wer bin ich?
Wie heißt Ihr Heimatort?
Zu welchem Land ist er gehörig?
Wie heißt die Hauptstadt von Deutschland?
Wie heißt die Hauptstadt von Frankreich?
Wer war Luther?
Wer war Bismarck?
Welche Staatsform haben wir jetzt?
Wer hat Amerika entdeckt?
Wann ist Weihnachten?
Welche Länder grenzen an Deutschland?
Welches Land liegt westlich von Deutschland?
Welche Staaten waren am Weltkrieg beteiligt?
Erklären Sie den Unterschied zwischen Irrtum und Lüge.
Was bedeutet »Lügen haben kurze Beine«?
Wie denken Sie sich Ihre Zukunft?

*

Liebe Mutter!

Als Erstes möchte ich sehr wünschen, dass Du nach Deinem letzten Besuch von hier gut zu Hause angekommen bist.–

Weiter hoffe ich, dass ich nun die längste Zeit in der Anstalt gewesen bin und Ihr mich vielleicht schon gar am Sonntag mit nach Hause nehmen werdet, wenn Euch daran liegen sollte, mich noch lebens- und arbeitsfähig unter Euch weilen zu sehen … ich werde durch die Notwendigkeit des Dichtaneinandergepferchtseins mit ewig schwatzenden Weibern zur Verzweiflung getrieben, und es muss unbedingt schnellstens eine Änderung erfolgen, wenn nicht alles in mir wohnende Wertvolle zugrunde gehen soll. Ich hoffe, Ihr habt verstanden und werdet Euer Möglichstes tun.

*

Liebe Mutter!

Ich brauche dringend einige große Bogen Zeichenpapier und Bleistifte! Bitte! Eventuell auch die Pastellstifte. Und einen Schreibblock. Bitte bringt mir alles, falls ich doch noch hierbleiben muss. Das alles fällt natürlich weg, wenn ich mit Euch von hier weggehe. Es muss möglich zu machen sein.

*

Liebe Eltern!

Leider muss ich Euch nochmals die dringende Bitte an Euch richten, doch auf jeden Fall etwas zu unternehmen, dass ich unverzüglich von hier fortkomme. Ich kann es hier beim besten Willen nicht mehr aushalten. Und vor allem möchte ich nicht geistig vollkommen verrotten. Wollt Ihr mich denn erst tatsächlich in Kranksein und Moder bringen? Ich denke, ich habe unbedingt wichtige noch verschiedene Probleme beziehungsweise Aufgaben, gestellte Ziele zu erreichen, die natürlich von hier aus und in der Konstellation, in welcher ich mich befinde, nicht zu bewältigen sein dürften. Die Beurteilung Eurerseits durch die Beurteilung meines angeblichen Zustandes dürfte Euch wohl nicht dazu veranlassen, mich hier sozusagen lebend zu begraben.

*

Liebe Eltern!

Ich hoffe, dass ich nun die längste Zeit hier gewesen bin und Ihr mich vielleicht schon gar am Sonntag mit nach Hause nehmen werdet, wenn Euch daran liegen sollte, mich noch lebens- und arbeitsfähig unter Euch weilen zu sehen. Zumindest hoffe ich, dass Ihr Zeit hättet, etwas in dieser Angelegenheit zu tun.

*

Außerdem habe ich so große Sehnsucht und ich glaube auch die innere Vollkommenheit, jetzt wieder einmal mit Menschen zusammen zu sein, nach denen ich mich sehne. Es kann und darf nicht geschehen, dass man mich hier auf ›sogenannte bessere Wege und zum ver-

meintlichen Licht‹ führt. Was im Sinne, negativ gerichtet, gleichbedeutend mit Nichtsein wäre.

*

Ganz abgesehen davon, dass ich körperlich auch noch rückwirkend zu leiden habe, und außerdem, wie ich gerade heute feststellen konnte, von verschiedener Seite sehr unangenehm gegen mich gearbeitet wird. Es liegt mir doch so sehr daran, nun bald wieder in meinen Wirkungskreis zurückzukommen. Leider habe ich nur die dunkle Ahnung, dass sich noch einmal eine Wiederholung schon einmal erlittener Unbill einstellt in einer Form, die mir augenblicklich noch nicht ganz klar ist.

*

Also noch mal! Der mir so wertvolle entgangene Sommer kommt zwar nicht wieder, aber dafür muss jetzt ein wirklich energischer Entschluss dieser Unfreiheit ein Ende machen. Oder wie ich das schon mündlich klar machte. Ich gehe zugrunde.

*

Mein gesundheitliches Befinden ist augenblicklich wieder etwas gesunken, und ganz besonders drückend empfinde ich die Unfreiheit.

*

Krämpfe

Brüllen

Angst

Trotz

Ich schreie ihnen ins Gesicht, dass ich eine solche Behandlung nicht dulde. Meine Worte sind bedeutungslos, meine Schreie bleiben ohne Sinn, weil ich als verrückt gelte. Warum setze ich mich zur Wehr? Es ist ein aussichtsloser Kampf. Je mehr Widerstand ich leiste, desto kranker werde ich eingestuft. Jedes Wort von mir verliert seinen Inhalt, jeder Protest, den ich versuche, kettet mich stärker an die Anstalt. Und doch kann ich nicht anders. Es ist meine Art, meine Würde zu bewahren, es ist meine Art, mich als eigenständige Person, als Mensch mit Gefühlen zu spüren. Ich bin krank, verwirrt, ich habe Angst, ich bin wütend und verzweifelt. Aber ich bin immer ich. Und die Gedanken und Gefühle, die ich habe, sind Ich!

Sie drücken den Alarmknopf, die Pfleger rücken an. Ich werde auf den Boden gepresst, ich schreie und kämpfe mit aller Kraft.

Spritze. Sie ziehen mich hinter sich her und schleppen mich auf die Isolation.

In der Isolation ist die Welt hoffnungslos.

Isolation ist Zeit ohne Malen.

Isolation ist Leere.

Ich muss malen, sonst krepiere ich!

*

Liebe Eltern!
Wie steht es noch mit einigen Bogen Papier größeren Formats, und ich brauche meine Pastellstifte. Immer kann ich die mir wichtigsten und notwendigsten Sachen erst im letzten Augenblick bekommen.

*

Wann bringt ihr mir denn endlich Ölfarben und so weiter mit?

*

Der Typ der Menschen hier und in dieser Landschaft ist zwar ganz interessant und bietet auch wohl Möglichkeiten zum Arbeiten, aber erstens habe ich, wie Ihr wisst, doch nicht genügend Material, und nochmals sei betont, dass, wie mir scheinen will, Missverstehen und falsche Einstellung zu mir keine produktive Lebendigkeit aufkommen lässt.

*

Das ewige Dicht an Dicht mit dauernd schwatzenden Weibern ist derart nervenzerrüttend und bringt mich immer weiter von Arbeit und Lebensbewusstsein ab, ganz abgesehen davon, missversteht man scheinbar diesen Stillstand wie immer in solchen Fällen, und ich muss dann ganz besonders darunter leiden. Alles in allem muss nun endlich die Belästigung und unberechtigte Herausforderung endlich ein Ende nehmen.

*

Ich muss schon sagen, dass ich es jetzt vor Sehnsucht nach Hause nicht mehr aushalten kann.

*

Meine Zahnbürste hat keine Borsten mehr. Und ich möchte sehr gern einige Erdnüsse, vielleicht auch Wacholderbeeren und auch etwas Johannisbrot. Oder kannst du mir mal etwas Selbstgebackenes schicken?

Aber nein! Was soll das?

Es müssen sich nun endlich und zwar schnellstens Wege finden, die mich aus dieser Existenz hier herausbringen, denn das ist nicht mehr auszuhalten. Meine Arbeit wartet auf mich, also bitte. Dann noch, ich brauche jetzt wirklich etwas Warmes an die Füße. Aber das können wir dann wohl in Dresden erledigen.

*

Warum höre ich nichts mehr von Euch? Ich weiß zwar, dass ich Euch sowieso meist nur Kummer bereite, aber ich bitte, das gütigst mir zu verzeihen, ich bin so traurig darüber und einsam und allein. Ein Sommer ist wieder dahingegangen, rasch verflogen sind die Tage. Leider waren auch die Augenblicke, die sich mir boten, alles zu ändern, zu rasch verflogen. – Mir fehlt es so sehr an notwendigen Sachen, Papier! Ich schrieb das früher schon einmal, aber scheinbar haben Euch diese Zeilen nicht erreicht. Bitte besucht mich doch am Sonntag oder sendet mir Papier, Terpentin, Leinöl. Noch lieber aber, Ihr würdet Euch wirklich entschließen können, mich nach Hause zu nehmen. Bitte tut das doch.

*

Wenn der Morgen dämmert und alle endlich schlafen, ist die stillste Stunde in der Anstalt. Diejenigen, die in der Nacht nicht zur Ruhe kamen, sind erschöpft. In dieser stillen Stunde liege ich im Bett und schreibe meine Gedanken auf. Ich benutze alte Briefumschläge. Ich muss Papier sparen.

In meines Herzens Tiefe liegt ver-
borgen rein, meine Sehnsucht, Wollen, Sein,
Wenn ich sehe, was die Menschen treiben
Will mein Atem stocken bleiben

Glut am Himmel bricht meiner Hoffnung Licht

*

Ich denke an Ausbruch. Meine Pläne wuchern in meinem Kopf.

Einigen gelingt es, sagen die Frauen. Aber sie kommen immer wieder zurück, und wenn sie nicht zurückkommen, haben sie sich umgebracht.

*

Ich habe keinen guten Tag. Mir entfährt ein lang gezogener klagender Laut. Ich bin verstört, aber nicht irre, irre bin ich nicht.

Ich weiß nichts über mich. Ich kenne mich nicht. Es gibt in mir einen tiefen dunklen See, in dem meine Ungeheuer wohnen. Sie verkörpern meine Sehnsucht, meine Ängste. Sie suchen mich heim als groteske Gestalten.

Ich muss diese Hölle überwinden.

*

Ich war einmal anders. Wenn ich hier herauskomme, werde ich wieder anders sein. Und ich werde malen, was ich dann sehe, bin.

*

Ich springe vor Freude in die Luft. Ich darf meinen ersten Urlaub bei den Eltern verbringen! Sicher ist es eine Entlassung auf Probe, denke ich, ein Versuch des Vaters, mich wieder aufzunehmen.

In der Stadt werde ich unruhig und ängstlich. Ich bin die vielen Autos und Menschen nicht mehr gewöhnt und bin froh, als wir die Voglerstraße erreichen und die Wohnung betreten. Ich stehe im Flur, rieche unseren Familiengeruch. Keine Parkettwichse, kein Reinigungsmittel, mit dem die Mutter putzt und poliert, kann diesen leicht bitterstrengen Geruch übertünchen.

Die Mutter nimmt mir den Mantel ab und hängt ihn an den Haken. Es ist die gleiche Garderobe, von der ich als junges Mädchen meinen Mantel riss, um fortzulaufen. Was ist in der Zwischenzeit geschehen? Warum ist es geschehen?

Wir gehen ins Wohnzimmer. Immer noch hängen unsere Kinderfotos über dem Vertiko, das Foto mit den Eltern, in deren Mitte ich stehe mit kariertem Kleid und meinen großen ernsten Augen; das Foto vom Familientreffen in Husinec, mit der Großmutter, den Tanten und den Eltern. Ich sehe die Augen des Vaters und meine Kleinmädchenaugen, ich erkenne den gleichen ängstlichen und skeptischen Blick, obwohl uns Jahrzehnte voneinander trennen. Ich will das nicht sehen. Meine Augen schweifen auf das Bild meiner Einschulung, auf dem ich mit Ranzel auf dem Rücken und zwei großen Schultüten in den Armen im Hausflur aufgestellt bin. Daneben die Konfirmation. Ich stehe mit Hubert auf dem Balkon. Hubert posiert schräg vor mir, halb so groß wie ich, mit Matrosenhemd, Knickerbockern und Schnürstiefeln. Sein langes Lockenhaar ist nach hinten gekämmt, sein Blick gewohnt verschlossen und seine Lippen verpresst. Ich trage ein schwarzes Kleid und halte eine Bibel in der Hand. Frieda, die Konfirmandin, mit Kreuzkettchen am Hals und Hochfrisur. Bin ich das?

Wie viel Zeit ist vergangen? Durch welche Hölle bin ich gegangen?

Das Foto von Hubert im Clownskostüm mit Tütenmütze. Er hält ein Spielzeugbandoneon in den Händen.

Die Mutter bittet mich zu Tisch. Gleich, sage ich, und gehe in mein Zimmer. Wie lange habe ich keinen eigenen Raum für mich gehabt? Die Mutter hat einen bunten Blumenstrauß auf den Nachttisch gestellt und das Bett mit der schönen hellblau gestreiften Bettwäsche bezogen. Über dem Bett hängt immer noch das frühe Selbstbildnis von mir, eine junge, gesunde Frau sticht mir entgegen. Ich erkenne meine Leidenschaft und meine Hoffnungen in diesem Gesicht.

Das war ich.

Ich laufe in die Wohnstube. Ich habe die vielen Gegenstände vor Augen, die das Leben meiner Eltern ausmachen. Es hat sich kaum etwas verändert. Das scheußliche Porzellanpferd, der Glasbriefbeschwerer mit Enzianblume, die bauchige Vase mit Goldrand, der Batiklampenschirm, den ich ihnen einmal zu Weihnachten schenkte.

Alles sieht wie früher aus, und doch hat sich alles verändert.

Ich habe die Erfahrung der Anstalt gemacht, und es ist der Vater gewesen, der mich eingewiesen hat. Aber ich darf mich nicht mehr auflehnen. Ich habe nur noch die Eltern und Hubert. Sie sind der einzige Kontakt zur Welt außerhalb der Anstaltsmauern, sie sind die einzigen, die mich befreien können.

Die Mutter hat das schönste Geschirr gedeckt. Sie will mir damit sagen, dass ich nichts zerbrechen werde. Sie hat Bäbe gebacken und guten Kaffee gekocht.

Ich tunke den Napfkuchen in den Kaffee. Lange hatte ich diesen wunderbaren Geschmack nicht auf der Zunge. Es folgen Quarkkeulchen und Eierschecken.

Ich esse, so viel ich kann.

Wir sitzen am Tisch. Weder ich noch die Eltern wissen, wie wir uns verhalten oder worüber wir sprechen sollen. Ich will ihnen nicht von dem Wahnsinn einer geschlossenen Abteilung erzählen, von den immerwährenden Geräuschen der Patientinnen, von ihren Versuchen, sich das Leben zu nehmen, von ihren Schnittwunden, den Bettfesseln, den Dauerbädern, der Isolierzelle, den Spritzen, den Übergriffen der Pfleger, ich spreche nicht darüber, ich will es hinter mir lassen, denn ich komme ja nun aus der Anstalt heraus, ist mein Gedanke.

Die Eltern fragen nichts. Sie fragen nicht, was ich in der Anstalt esse, wie ich dort lebe, wie ich behandelt werde, fragen nicht nach den anderen Patientinnen, sondern beginnen von den Nachbarn zu erzählen, plappern über Geburtstage, Hochzeiten und andere Feste, darüber, dass der Zitzlitz gestorben ist und seine Frau wieder geheiratet hat. Jedes Wort quält mich, das aus ihnen sprudelnde Geschwätz hört nicht auf.

Über Lohse sprechen die Eltern nicht. Lohse hat sich für sie in Luft aufgelöst.

Ich sage plötzlich, dass ich meine Staffelei und meinen Wachskocher brauche und ich mein Zimmer wieder als Atelier herrichten muss.

Die Mutter nestelt an ihrer Schürze.

»Nun komm erst mal an«, sagt sie. »Wenn das Wetter schön ist, machen wir einen Ausflug zum Schloss, da kannst du zeichnen.«

*

Ich schlafe wie ein Stein und wache erst am späten Morgen auf. Ich bin es nicht mehr gewohnt, Stille zu hören, keine Frauenstimmen im Ohr zu haben, die plappern und stöhnen.

Es ist Sonntag. Um Punkt Zwölf gibt es Mittagessen. Auf dem Tisch liegen Porzellanteller, Messer und Gabel. Die Mutter hat Sauerbraten Dresdner Art, in Essig und Malzbierbeize gegart, gekocht, dazu böhmische Knödel.

Ich nehme die weiße Leinenserviette aus ihrer samtgrünen Hülle, die ich als Kind mit meinem Namen bestickt habe. Wie viele Jahre ist das her? Ich lege die Serviette auf meinen Schoß, nehme das Besteck in die

Hand. Befremden. Ich habe seit Monaten nur mit Löffel aus einem Blechnapf gegessen.

Ich beginne zu essen. Ich esse hastig und gierig.

Der Vater beobachtet jede meiner Regungen, als wache er darüber, ob meine Nerven womöglich wieder durchbrennen und ich mit dem Messer auf ihn losgehe.

*

Die Eltern machen Spaziergänge und Ausflüge mit mir. Es tut so gut, die Sonne und den Wind zu spüren, die Natur zu riechen. Ich zeichne und schöpfe Hoffnung. Gleichzeitig spüre ich die ganze Zeit die Anstrengung der Eltern, mich bei sich zu haben.

Ich will allein ausgehen, aber sie erlauben es nicht. Ich bin wütend!

*

Ich müsse zurück in die Anstalt, sagt der Vater. Ich verstehe nicht, ich spüre nur Schmerz und Ablehnung. Die Eltern jagen mich wieder fort. Ich verstehe nicht, warum.

»Was habe ich getan? Habe ich euch angegriffen? Habe ich etwas demoliert?«

»Aber Frieda«, ruft der Vater, »es ist doch nur ein Urlaub gewesen. Die drei Wochen sind um. Wir kommen dich ja besuchen.«

»Ihr wollt mich nicht bei euch haben! Ihr habt nur darauf gewartet, mich wieder loszuwerden!«

Die Mutter kommt auf mich zu.

»Aber wir haben dich doch lieb, Frieda. Es ist alles zu deinem Besten.

Du bist krank, du brauchst Hilfe. Alle sind dieser Ansicht. Du bist noch zu krank.«

»Habe ich mich so benommen, als sei ich verrückt?

Ich bin nicht verrückt, ich bin es nicht!«

Die Tür öffnet sich. Und ich muss gehen.

*

Ich beginne zu begreifen, dass ich nicht nur vorübergehend eingesperrt bin. Ich gehöre zu den Irrsinnigen, die man längerfristig vor der Welt versteckt. Ich frage mich plötzlich, ob ich überhaupt jemals wieder herauskomme aus der Anstalt. Ich weiß nun endgültig: Ich bin ohnmächtig gegenüber den Ärzten und auch gegenüber meiner Familie. Ich kann mein Schicksal, womöglich zeitlebens in der Anstalt zu bleiben, nicht ändern. Das ist jetzt mein Leben, und es gibt nichts, was ich dagegen tun kann.

*

Tagtraum. Ich laufe als kleines Mädchen mit einem Schmetterlingsnetz durch den Garten. Ich schwinge das an dem langen Holzstiel befestigte Netz und fange die bunten Falter ein. Ich spieße sie nicht auf, sondern lasse sie wieder frei und freue mich daran, wie sie farbenfroh ins Himmelsblau flattern.

*

Ein Brief Baaders! Ich hatte eine Ausstellung bei Maria Kunde im Bieberhaus in Hamburg. Baader hat sich um die Organisation gekümmert. Die Kritiker sagen, meine Typen aus den Hamburger Kneipen und Kaschemmen seien beeindruckend, die Dirnen hätten »Dixsches Kaliber«. Ich hätte ein »fast schon nicht mehr weibliches Talent«.

Meine Dirnen haben nichts mit denen von Dix gemein. Meine Frauen fühlen!

Ich male nicht männlich, ich bin Elfriede Lohse-Wächtler, die Künstlerin, und das werde ich bleiben!

»Seitdem diese Künstlerin uns mit ihren dämonischen Darstellungen aus der Welt des Irrenhauses erschüttert hat, ist ihr Können zwischen schweren Nervenkrisen unaufhaltsam gewachsen.«

Ich werde malen! Bilder malen, meine Welt malen, in der ich eingesperrt bin, ohne mich darum zu kümmern, ob andere es verstehen.

Wer bin ich? Ich bin meine Bilder!

Ich bin Maria mit Kind, Salome, Potiphar, Liebe, Umarmung, Liebespaar, Liebesakt, Tod und Sünderin, Nachtwandlerin, Tanzende, Zigeunerin, Kranke, Entsetzte, Bedrohte.

Solange ich Farben habe, habe ich Hoffnung!

*

Ein Gewitter, lange nicht mehr in solcher Wucht erlebt, ging heute nieder, wie die Verfinsterung mit den im Sturm und Regen ringenden Bäumen das Haus umspannte, von aufleuchtenden Flammenkerzen durchschnitten. Wirkte Momente ganz gewaltig, brachte einen kurzen Augenblick neues Erkennen und Zusammenstimmung auf. –

Dröhnende Worte sprach heut der Kosmos eindringlich und begeisternd.

Endlich wieder ein Lichtblick zeigend aus der Einsamkeit. Und Zerstörung, die mich umgibt und erfasst. Wie betörend klingt, wenn aus der eigenen Seele klingt zwingende Stimme des Wissens um sich selbst.

*

Ich will nicht sagen, dass ich nicht krank bin. Ich bin nicht blöd, ich habe Anfälle, die mich aus der Realität schleudern. Ich bemerke, wie meine Nerven zerspringen. Es sind Attacken, die mich in tiefste Ängste versetzen, etwas spaltet sich in mir von der Welt des Normalen ab. Aber ich bin nicht verrückt.

Die Anfälle kündigen sich durch Schmerzen in Brust und im Herzen an. In meinem Kopf wird der Druck immer stärker, bis meine Schädeldecke zu bersten droht, ich weiß dann nicht mehr, was wirklich ist und was nicht, alles gerät aus dem Lot, meine Gedanken toben wirr umher, die Stimmen und Bilder überwältigen mich, die Ängste türmen sich in mir auf. Das Netz um mich herum wird immer engmaschiger, das Dunkel immer unbegreiflicher, ich weiß nicht mehr, was ich tue, es ist, als wäre ich aus der Welt gefallen, und ich habe eine Ahnung von etwas Fürchterlichem.

Ich lebe mit meinen Anfällen, ich habe gute Phasen, die wieder durchbrochen werden von den Abgründen, in die ich falle. Ich habe keine Kontrolle über den Wechsel der Zustände, die Bestien fragen mich nicht, sie kommen einfach aus allen Ecken gekrochen, ich versuche, meine Gedanken zu ordnen, aber der Verstand verlässt mich und schottet mich von der Außenwelt ab, ich kann nichts mehr verstehen, kann mich selbst, meinen Körper nicht mehr spüren, Monster und Feuersbrünste bedrohen mich wieder und wieder und kündigen Schreckliches an.

Vielleicht will ich verschwinden, vielleicht mein Denken und meine Verzweiflung ausschalten; vielleicht suche ich die Angst, um mich loszuwerden, mich in der Finsternis zu verlieren.

Ich habe keinen Halt mehr, kann mir meiner nicht mehr sicher sein. Aus meiner Angst heraus entsteht Wut. Der Zorn entlädt sich, und dann tue ich etwas, wobei ich die Kontrolle verliere.

Aber wie soll ich den Menschen erklären, was ich selbst nicht verstehe? Wie soll ich ihnen sagen, dass ich es bin, aber auch wieder nicht?

Wenn ich wieder auftauche, frage ich mich, ob ich das war, frage mich, wer in mir wohnt, aber ich komme niemals auf den Gedanken, mich für verrückt zu halten, denn immer, wenn der Anfall vorbei ist, erinnere ich mich daran, dass ich es war, die wütend war. Und nach jeder Attacke sehe ich die Realität mit gesteigerter Schärfe und Klarheit.

*

Die Eltern bringen Zeitungen und erzählen. Die Nazis haben die Wahl gewonnen. Hitler ist Reichskanzler. Ich weiß es längst, denn an allen Anstaltsgebäuden flattern Hakenkreuzfahnen.

Alle Menschen, die anders sind, alle Menschen, die sich ›abnorm‹ verhalten, hält man für verrückt, die Auffälligsten von ihnen sperrt man in Irrenhäuser. Man unterteilt uns in heilbare und unheilbare Fälle, aber draußen tobt der eigentliche Wahnsinn, die meisten Verrückten laufen außerhalb der Anstalt herum. Sie tragen SA- oder SS-Uniformen, Millionen von Menschen wedeln mit Hakenkreuzfähnchen, alle diese Menschen haben Hitler gewählt. Sie jubeln ihm zu, eine Masse von Schwachsinnigen, die dem Verrücktesten unter ihnen dienen und ihm Gehorsam schwören. Diese Menschen sind die gefährlichsten Verrückten, denn sie bemerken nicht, dass sie wahnsinnig sind, sie wiederholen, was ihnen vorgebetet wird, sie halten es für richtig und sorgen dafür, dass die grauenhaftesten Gedanken zur Normalität werden. Das ist für die Menschheit der gefährlichste Irrsinn, nicht wir, die Eingesperrten, die wie Unken aus einem Brunnen auf die Hakenkreuzfahnen glotzen.

Nein, nicht *ich* bin verrückt!

*

Ich bin nach Haus B3, zu den unruhigen Frauen verlegt worden. Meine Station liegt im zweiten Stock: Schlafsaal, Tagesraum, Küche, Bad. Um den Garten ist eine Mauer gezogen, auf die ich vom Fenster aus blicke. Die Mauer ist nicht mit Efeu bewachsen, damit wir nicht hinüberklettern können.

Auf dem Sims hocken gurrende Tauben. Sie haben die Wahl, wohin sie fliegen. Sie können den Festungsring spielend leicht überwinden.

*

Die Eltern besuchen mich und bringen mir mit, was ich wünsche und brauche, sofern es in ihren Möglichkeiten liegt.

Ich weiß, wie sehr ich sie und auch Hubert anstrenge und belaste. Ich sehe ihre Erschöpfung und Verbitterung. Ich zeichne die Mutter mit ihrem zusammengezogenen, faltigen Mund und ihren enttäuschten, müden

Augen, auf denen Hängelider lasten, zeichne Hubert, den um Jahre gealterten, jungen Mann, dessen Züge immer mehr der Mutter ähneln, in dessen Stirn sich zwei senkrechte Kerben eingefressen haben, dessen Augen unter den schwarzen, zusammengewachsenen Augenbrauenbalken verlassen und verhärmt in eine Welt blicken, die er sich anders vorgestellt hat.

Ich spüre jedes Mal ihre Beklemmung, wenn sie den Besuchsraum betreten. Es sind nicht allein die Kranken mit ihren verzerrten Gesichtern und eigenartigen Bewegungen, die sie verstören, sicher fragen sie sich vor jedem Besuch, in welcher Verfassung sie mich vorfinden werden. Manchmal bin ich voller Medikamente gepumpt, die Spritzen betäuben meine Wahrnehmung, ich befinde mich in einem dumpfen Dämmer, der mich von allem entfernt, die Worte ziehen an mir vorüber, als sprächen Hubert und die Eltern zu einer anderen, selbst wenn ich antworte, scheint das alles nichts mit mir zu tun zu haben.

Ich bin hellwach, als die Mutter mir mitteilt, dass Hubert keine Arbeit findet und nach Amerika gehen will, um Geld zu verdienen. Sie bittet mich, es ihm bei seinem nächsten Besuch auszureden. Ich sage der Mutter, dass ich Hubert bestärken werde zu fahren, damit er aus diesem braunen deutschen Schlamm herauskommt.

»Er ist frei und kann gehen, wohin er will.

Hubert ist frei!«

Kaum habe ich diese Worte gesprochen, zieht sich ein Trauerschleier über mein Gesicht. Von einer Sekunde zur anderen verfalle ich in tiefe Hoffnungslosigkeit. Hubert wird mich nicht mehr besuchen, und ich werde noch einsamer sein in der Anstalt.

Meine Stimme überschlägt sich plötzlich und tönt mit heiserer Schärfe durch den Raum:

»Warum quält ihr mich so, warum? Ihr tut nichts anderes, als mich zu quälen.«

Ich werfe den Kopf hin und her.

»Mach keine Geschichten, Frieda«, ruft die Aufsichtsschwester.

»Warum sagt ihr es nicht geradeheraus? Ihr wollt mich nicht mehr bei euch haben. Haltet ihr mich für so verrückt, dass ich das nicht bemerken könnte, glaubt ihr, ich merke nicht, wie ihr jedes Mal aufatmet, wenn ihr wieder nach Hause fahrt, warum lasst ihr mich hier vermodern? Ich bin nicht gemeingefährlich, und ich bin nicht unzurechnungsfähig!«

Ich springe auf. Die Wärterin eilt auf mich zu und bittet die Eltern zu gehen.

Ich hätte keinen guten Tag.

*

Wo ist Lohse, warum hilft er mir nicht? Warum kommt er mich nicht ein einziges Mal besuchen? Warum holt er mich nicht?

Ich brauche ihn doch, wer sonst kann mir noch helfen, er ist doch immer noch mein Mann, warum spricht er kein Machtwort? Jeden Sonntag warte ich auf ihn, obgleich ich längst nicht mehr glaube, unsere Trennung wäre ein Irrtum. Doch blitzt immer noch der verrückte Gedanke auf, dass er mich noch liebt. Ich stelle mir vor, wie wir beieinander liegen, wie er einen Arm unter meinen Kopf schiebt und mit der anderen Hand meinen Körper streichelt. Ich rieche den Duft seiner Haut und spüre seinen warmen Atem, seine Lippen, die sich auf die meinen legen, und seine Zunge, die mit ihrer rauen Oberfläche sich um die meine dreht, spüre nichts als wilde Lust in mir, die sich in alle Winkel meines Körpers ausbreitet. Es sind Gefühle und Gedanken, die ich nicht zügeln kann.

Die Erinnerungen lauern in mir. Sie fallen mich an wie Wölfe.

Er wird kommen, er wird unbedingt kommen!

*

Nachts sitzt das Schweigen in meiner Kammer
und tröstet meinen Jammer –
Gegenstände grinsen, harren
machen mich zum Narren
und ein kleiner Streichholzhauf
führt Gespenstertänze auf.
Und wir alle sitzen, lauschen
schauen in die Nacht hinaus.
Ein Glockenton springt auf
und schwingt, verrinnt, versinkt.
Nacht!
Da zieht weißer Lichtschimmer
am Nachthimmel auf
von ferne über der Häuser Meer
über der Dächer Heer, über
Schächte, Schlünde, über Häfen –
gründe dringt Deine Stimme,
Du selbst kommst gezogen über Nebelwolkenwogen.

*

Hubert betritt den Besuchsraum. Ich spüre seine Beklommenheit, die noch größer ist als sonst. Er geht auf mich zu und wäre am liebsten wieder hinausgelaufen.

Er versucht teilnahmslos und gleichzeitig souverän zu wirken, er versteckt sich hinter seiner scheinbaren Gleichgültigkeit und Überlegenheit.

Plötzlich, als er sich von mir verabschiedet, hat er Tränen in den Augen.

Wir weinen.

Good luck in America!

*

Ich denke an die Freunde zurück. Wo sind sie jetzt? Wo ist die Brüderlichkeit, die menschliche Welt, die alle proklamierten?

Nicht ein Einziger denkt an mich. Keine Briefe, kein Besuch, keine Hilfe.

Ich fühle mich lebendig begraben.

*

Ich will in das Grenzenlose
Zu mir zurück,
Schon blüht die Herbstzeitlose
Meiner Seele,
Vielleicht – ist's schon zu spät zurück!
Oh, ich sterbe unter Euch!
Da Ihr mich erstickt mit Euch.
Fäden möcht ich um mich ziehn –
Wirrwarr endend!
Beirrend,
Euch verwirrend,
Um zu entfliehn
Meinwärts!

(Else Lasker-Schüler)

*

Niemand behandelt mich. Sie stellen mich nur ruhig. Sie helfen mir nicht. Niemand versucht, mich zu verstehen, niemand fragt, was ich erlebe. Die Ärzte sind ahnungslos, sie fragen nichts, sie sprechen nicht mit mir. Jedes Gespräch mit Schizophrenen wird für sinnlos befunden. Ich bin für sie ein Tier.

Ich will mich sammeln, ich will gesund werden, aber wie? Warum kann das nicht aufhören? Warum kann ich nicht alles vergessen und ganz von vorn beginnen?

Ich bin zerspalten und versteckt in verschiedenen Köpfen. Ich fühle mich zerfasert, als bestünde ich aus lauter Teilen, die sich nicht ineinanderfügen. Aber das alles bin ich. Ich bin das alles. Das Malen, das Wünschen, das Lieben, die Trauer, die Erinnerung, die Angst, die Furcht. Ich!

Wenn mir auch die anderen grollen
Ich allein weiß, wer ich bin.

*

Sonntag. Es ist ein schöner Herbsttag. Ich möchte in den Wald gehen! Ich habe Sehnsucht nach dem Wald! Möchte die Pilze, das feuchte Moos, die Blätter riechen.

Niemand kommt mich besuchen. Ich darf ohne die Eltern nur auf dem Gelände laufen. Also verlasse ich meinen stickigen Verrücktentempel, entfliehe dem Geruch der Frauen und Desinfektionsmittel und gehe hinaus, um wenigstens durch den Außenkäfig zu spazieren. Außer der Herbstlandschaft springen mir die Hitler-Fahnen an jedem Gebäude ins Auge.

Über dem Hauptportal ist jetzt ein großes eisernes Hakenkreuz montiert. Ich sehe, wie aus dem fest verschraubten Nazi-Symbol an allen vier Enden Blut spritzt.

*

Wir haben eine Neue in der Abteilung. Sie heißt Johanna. Sie hat schwarzes, halblanges Haar, dunkeltrübe Augen und ein Hasengebiss, das sie einfältig wirken lässt, aber sie ist klug, und sie ist ebenso normal wie ich. Sie hat mir ihre Geschichte erzählt. Nach der Geburt ihres zweiten Kindes hat ihr Freund sie verlassen und eine andere geheiratet. Sie wurde depressiv, verlor die Nerven und wurde in die Heilanstalt in Göppingen eingewiesen. Ihre Kinder kamen zum Großvater nach Dresden. Der Großvater holte auch Johanna nach Dresden. Es ging nur wenige Tage gut, weil sie voller Unruhe und Ängste war. Zwei Monate verbrachte sie im Stadtkrankenhaus Löbtau. Dann wurde sie wie ich vom Vater nach Arnsdorf gebracht. Auch sie hat die Diagnose ›Schizophrenie‹.

Johanna ist entmündigt worden, der Vater als ihr Pfleger eingesetzt. Er besucht sie manchmal und bringt ihren Sohn Karl-Heinz mit. Wenn er kommt, weint sie vor Freude. Die Tochter wohnt beim Bruder. Er kommt nicht in die Anstalt, deshalb sieht sie ihre Tochter auch nicht.

Johanna darf die Station nicht verlassen. Sie hat die Fensterscheibe mit dem Stuhl eingeschlagen. Ich saß am Tisch und schrieb Hubert einen Brief, als es passierte.

*

Lieber Hubert!

Entschuldige bitte das lappige Papier. Hoffentlich gelingt es Dir mithilfe der dortigen Millionäre eine kleine Dollarsammlung anzulegen, die ausreichen würde, dass der Vater hier ein Eigenheim gründen oder erstehen könnte. Ich werde mir die Sache noch einmal gründlich durch den Kopf gehen lassen und Grundrisse für die verschiedenen Geschosseinteilungen anfertigen. Natürlich werde ich dem Ganzen ein äußerlich künstlerisches Gepräge zu verleihen suchen, sodass der Kostenpunkt für das Ganze so 10.000 bis 15.000 Mark ausmachen würde. Also richte Dich darauf ein.

Hoffentlich hast Du Glück auf all Deinen Wegen. Ich wünsche Dir das von ganzem Herzen. Nur lass Dich nicht von Lockvögeln auf Abwege bringen noch beirren, es gibt deren viele, auch die mit freundlich süßem Lächeln alle möglichen schönen Dinge vorgaukeln.

*

Liebe Frieda!

Wie Du siehst, hat sich Dein Brief mit mir herumgetrieben, und ich habe ihn oft gelesen. Leicht ist es hier nicht, sich gerade zu halten. Zum Teil schwieriger als in Deutschland. Aber verdammt noch mal, irgendwo muss ich zu was kommen, um Dir helfen zu können. Ich denke, Du wirst inzwischen keinen Unsinn machen und Dich zu Hause vertragen. Remember, was ich mit Dir gesprochen habe, bevor wir uns trennten. Wenn Du inzwischen einige Arbeiten fertig hast, so schicke mir doch die Fotos davon, natürlich nicht erst in hundert Jahren. Vor zwei Wochen hielt sich in der Nähe des Camps eine quer durch Amerika ziehende Schauspieltruppe mit ihren Autos und dem nötigen Zeltbedarf auf. Der eine sprach Deutsch, es waren sehr nette Leute, ich glaube, Du wärst sofort mit ihnen losgezogen. Das Leben, was sie führen, ist gar nicht so schlecht.

So, nun schreibe mir, was Du tust und wie es Dir geht und was sonst Bemerkenswertes in Dresden los ist.

Herzliche Grüße Hubert

*

»Gequälte Leinwand
Seelische Verwesung
Krankhafte Phantasten
Geisteskranke Nichtskönner

Von Judencliquen preisgekrönt, von Literaten gepriesen, waren Produkte und Produzenten einer ›Kunst‹, für die staatliche und städtische Institute gewissenlos Millionenbeträge deutschen Volksvermögens verschleuderten, während deutsche Künstler zur gleichen Zeit verhungerten. So, wie jener ›Staat‹ war seine ›Kunst‹.

Seht Euch das an! Urteilt selbst!

›Entartete Kunst‹.

Hofgarten-Arkaden, Galeriestraße 4.

Eintritt frei.

Für Jugendliche verboten.«

Bilder von Dix, Felixmüller, Griebel, Kokoschka, Klee, Grosz, Schwitters, Kirchner, Corinth, Beckmann und vielen anderen sind »Schandbilder«, »Spiegelbilder des Verfalls«, »Entartete Kunst«.

Ich sehe die Nazi-Experten der Schlachtenbilder und braunen Gemälde vor mir, sehe, wie sie mit fanatischem Eifer die Bilder meiner Freunde anprangern, höre ihr Lachen, ihr Geifern, ihre hasserfüllten, vernichtenden Worte …

Ich werfe die Zeitung beiseite und greife zum Stift:

Liebe Eltern!
Wann bringt ihr mir endlich Ölfarben und so weiter mit? Es muss sein!!!

*

Ich skizziere Waltraud. Sie ist die Normalste unter uns. Sie liest wie ich gerne Illustrierte, Zeitungen und Bücher. Manchmal tanze ich mit ihr. Wir tanzen frei und ohne Regeln, wie ich es immer getan habe, um meinen Ausdruck, mich selbst zu suchen. Die Schwestern verbieten uns dieses »verrückte Herumgehopse«, mit dem wir alle Frauen wild machen und die ganze Station in Aufruhr versetzen.

Waltraud ist oft nervös und ängstlich. Sie ist fallsüchtig. Manchmal hat sie lange Zeit überhaupt keinen Anfall, dann wieder bis zu drei Attacken am Tage. Es beginnt mit Halluzinationen. Dann fletscht sie die Zähne und rollt mit den Augen. Ihr Gesicht verzerrt sich zu Grimassen. Sie liegt am ganzen Körper von Krämpfen geschüttelt auf dem Boden. Der Anfall geht meistens nach ein paar Minuten wieder vorbei. Manchmal wiederholt er sich in weniger als einer Stunde.

Waltraud sitzt ruhig auf dem Stuhl. Es kommt kein Anfall. Ich beende meine Zeichnung. Wenn die Ölfarben kommen, kann ich das Bild fertigstellen.

*

Heute Fanny gezeichnet. Sie will sich nicht porträtieren lassen, dreht mir dauernd den Rücken zu, ich kann sie nur von hinten skizzieren mit ihrer dämlichen Schürzenschleife. Es langweilt mich. Wie soll ich hier arbeiten? Wo gibt es Hoffnung in diesem Elend? Ich male umgeben von stumpfen Gesichtern oder wahnwitzigem Lächeln. Ich lebe in völliger Ungewissheit und Abhängigkeit und bin Gefahren ausgeliefert, die ich nicht absehen kann. Ich kann nicht glauben, dass diese Lebensweise für mich endgültig sein soll. Ich werde mich den Mächten, die mich zerstören wollen, nicht geschlagen geben. Ich warte sehnsüchtig auf meine Befreiung, ich will nicht glauben, dass ich umsonst warte.

Die Verrücktheit wuchert hier überall, sie breitet sich aus, sie vergiftet allmählich auch die Gesunden.

Ich muss achtgeben, ich darf die unmögliche Lebenssituation, in der ich mich befinde, nicht hinnehmen. Ich spüre noch Kraft zum Malen und zum Leben! Ich kann noch. Ich muss! Wenn nur die Ölfarben endlich kämen!

*

Die Eltern sitzen vor mir in ihrer Sonntagstracht, der Vater in seinem Zweireiher, die Mutter in ihrem dunkelblauen Samtkleid mit Spitzenbesatz. Ihre kleine Feder am Hut wippt unruhig auf und ab. Die Mutter wühlt in ihrer Tasche und holt Johannisbrot und die Farben hervor. Endlich habe ich wieder Ölfarben.

Ich möchte sofort mit den Eltern hinausgehen und im Wald spazieren. Sie rutschen auf ihren Stühlen herum.

»Gleich, Frieda, da ist noch was«, sagt der Vater. Die Mutter schaut auf ihren Schoß.

Der Vater räuspert sich.

»Ich muss es dir sagen, Frieda. – Lohse hat die Scheidung eingereicht mit der Begründung, du seiest unheilbar geisteskrank. Eure Ehe ist am 10. Mai 1935 vom Landgericht Altona ›wegen unheilbarer Geisteskrankheit‹ geschieden worden.«

Mein Hals presst sich zusammen. Ich bekomme kaum Luft.

Was habe ich mir vorgestellt? Habe ich wirklich geglaubt, Lohse würde mir helfen?

Krämpfe.

Es ist schmerzhafter als alle Schläge, die ich eingesteckt habe. Lohse hat alles, was uns einmal verbunden hat, verraten. Er hat mir einen nicht mehr auszulöschenden Stempel eingebrannt wie einer alten Kuh, die man zum Schlachthof führt.

Lohses Selbstbildnis blitzt vor mir auf. Sein Gesicht ist in roten Zorn getaucht. Die Augen wüten hinter der Brille, die Haut blutig wie bei einem verwundeten Stier.

Ich sacke zusammen.

Der Vater gestikuliert wild und redet auf mich ein. Er regt sich auf, nicht wegen der Scheidung, sondern wegen

Lohses Begründung meiner ›unheilbaren Geisteskrankheit‹, die, ohne sie zu hinterfragen, akzeptiert wurde. Der Vater hält mir die Kopie eines Briefes entgegen, den er an Hitler persönlich geschrieben hat, damit ich weiß, dass der Vater das Urteil nicht akzeptiert, damit ich seine Meinung schwarz auf weiß lese, er es ja schon immer gewusst hätte, dass Lohse mein Verderben sei.

Exzellenz, Führer!

… Es handelt sich um meine Tochter, die Kunstgewerblerin und Malerin verehelichte Lohse, geborene Wächtler, welche am 10. Mai auf Betreiben ihres Ehemannes Kurt Lohse, Altona, Kruppstraße, vom Preußischen Landgericht Altona/Elbe wegen angeblich unheilbarer Geisteskrankheit nach einem Gutachten der Landesanstalt Arnsdorf in Sachsen und nach den lügenhaften Aussagen des arbeitsscheuen Jammermenschen von Ehemann für geschieden erklärt worden ist und natürlich auch im höchsten Grade der Form wegen zur Tragung der Kosten verurteilt wurde. An sich habe ich nichts gegen die Scheidung von diesem dünkelhaften charakter- und würdelosen Kurt Lohse. Die Begründung aber, dass unheilbare Geisteskrankheit vorliege, die zu dem Scheidungsspruch führte, lasse ich nicht gelten. Meine Tochter hat viel mehr unter dem unheilvollen Einflusse mit dem Taugenichts Lohse während der zehnjährigen ununterbrochenen Ehegemeinschaft seelisch und körperlich schwer gelitten, weil sie hauptsächlich während dieser Jahre die Subsistenzmittel aufbringen musste. Meine Tochter war,

solange sie in unserer Gemeinschaft lebte, körperlich und geistig vollständig gesund und normal; das einzige Auffällige, was sich während dieser Zeit zeigte, war die außergewöhnliche Begabung für Malerei vom zweiten Lebensjahr ab. Ich stehe jetzt auf dem Standpunkte, dass dieser ehrlose Kurt Lohse seine Frau als Ausbeutungswesen betrachtete und sie durch unerlaubte Mittel und Handlungen nach Charlatanart mittels Rauschgiften, Opiumrauchen, Hypnose usw. in Trancezustände versetzte, aus denen dann die mystische Malerei hervorging. Mit seiner Aussage vor dem Gerichte will er ja gerade jetzt auch wieder diese Sonderart der Malereien, deren Entstehungsursachen ihm bekannt sind, seinem gegenwärtigen Zwecke dienstbar machen, indem er die Malerei als erbliche Geisteskrankheit hinzustellen versucht …

schreibt der Vater.

Niemand hat *mich* um meine Meinung gefragt! Niemand hat *mich* informiert.

Die Ehe ist geschieden und ich bin »unheilbar geisteskrank«.

Ich habe von nun an einen Dresdner Anwalt zum Vormund, sagt der Vater. Er heißt Blumstock. Blumstock, Blumstock, ich kenne diesen Mann nicht, er kennt mich nicht, wie kann er über mich verfügen?

*

Ich bin eine

lebenslang geschiedene,

unheilbare

unmündige

Verrückte,

ein aktenkundiges Nichts!

Was wird noch geschehen? Was steht mir noch bevor?

*

Ich kenne eine Frau, die ins Irrenhaus gekommen ist, obgleich sie sich nicht für Jeanne d'Arc oder Katharina die Große hält. Sie ist Malerin, und nichts anderes glaubt sie zu sein. In jungen Jahren war sie voller Kraft und hatte viele Pläne.

Doch eines Tages schlug sie um sich, weil sie das Leid, das sie umgab, nicht mehr ertrug. Seither gilt sie als verrückt.

In der Anstalt malt sie weiter. Was sollte sie anderes tun? Sie ist ja Malerin.

Der Mann aber, der sie ins Elend gestürzt hat, bezeichnet sie als »unheilbar verrückt«, obwohl er sie jahrelang nicht gesehen hat, und er lässt sich von ihr scheiden, ohne mit ihr zu sprechen. Ist das normal?

*

Ich liege mit dem Gesicht nach unten im Bett, drücke es fest in das Kissen, das ich mit beiden Armen umklammere. Mein Körper wird von Krämpfen durchzuckt, meine Brust presst sich zusammen, bis sich ein Schrei aus mir entlädt. Ich beiße in das Kissen, presse die Zähne aufeinander, bin starr vor Anstrengung.

Dunkelheit, höre, wie ihre Stimmen raunen, spüre unter meinem Hemd, wie der grüne Stoff sich dehnt, wie meine Mörder durch das Linnen stoßen und mich mit ihren rotglühenden Augen anglotzen.

*

Aufregungs- und Verwirrungszustände

Zwangsgedanken

Gefühls- und Gehörshalluzinationen

Sperrungen

Trotzreaktionen, Sulfonal, Veronal, Luminal, Somnifen, Apomorphin

*

Hoffentlich werde ich endlich diese Knechterei hier los. Bin augenblicklich wieder zu sehr abgelenkt und mit meiner Gesundheit in Anspruch genommen. Hätte wahrhaftig nie die »wertvolle« Bekanntschaft dieser

Intelligenzler und Macht- und Regierungswütigen machen sollen, deren Fußball man hier darstellt. Ich muss infolgedessen alles ausbaden, und obwohl ich schon zurzeit durch jene in Mitleidenschaft gezogen wurde, geschieht dies weiterhin in dauernder Folge.

*

In Absoluto –
Liebliche Mörgenröte
steht am Morgenhimmel und ich
grüße Euch alle Ihr Lieben, mit
denen ich ein Stück wandelte,
denn nicht mehr lange wird meines Weilens hier sein.

*

Ich lese in den Zeitungen Hochrechnungen über Kosten für die Gesellschaft, die die unnützen Menschen in den Anstalten verursachen.

Die Pflegesätze für die psychiatrischen Krankenhäuser sind um die Hälfte gekürzt worden, wir unheilbar psychisch kranken Patienten und die geistig Behinderten heißen nun ›Ballastexistenzen‹. Das Gesetz zur Verhütung erbkranken Nachwuchses ist in Kraft getreten.

»Erbkrank im Sinne des Gesetzes ist, wer an einer der folgenden Krankheiten leidet: 1. Angeborenem Schwachsinn, 2. Schizophrenie, 3. Zirkulärem (manisch-depressivem) Irresein, 4. Erblicher Fallsucht, 5. Erblichem Veitstanz (Huntingtonsche Chorea), 6. Erblicher Blindheit, 7. Erblicher Taubheit, 8. Schwerer erblicher körperlicher Missbildung. Ferner kann unfruchtbar gemacht werden, wer an schwerem Alkoholismus leidet.«

Sie schreiben von der Unfruchtbarmachung als einer »Tat der Nächstenliebe« für die Gesellschaft, damit in drei Generationen nicht nur Minderwertige übrig bleiben und zudem die Staatskasse mit Millionen von Mark belastet würde, die für uns aufgewendet werden müssten.

*

Die Schwestern, Pfleger und Ärzte zeigen uns ihre wachsende Geringschätzung. Sie vernachlässigen und misshandeln uns immer stärker, denn es ist nun offiziell genehmigt.

Ich bin eine

unnütze Esserin

eine Ballastexistenz

eine aktenkundige unheilbar Kranke,

eine Schizophrene,

die nur malt und sonst keine Anstaltsarbeiten verrichtet.

Sie nehmen mir meine Bilder weg und sagen, es sei verrückte Schmiererei.

Ich male weiter!

Selbstporträt. Blasses, verzerrtes uraltes Gesicht mit gequältem Blick. Absurdes Lächeln auf den Lippen.

*

Sie laufen überall herum und machen Filmaufnahmen. Die Ärzte führen Gruppen und Schulklassen durch die Anstalt, um den Bürgern und Kindern das ›unwerte Leben‹ am lebenden Beispiel zu demonstrieren. Auch durch unsere Abteilung marschieren sie und glotzen.

Waltraud arbeitet im Hauptgebäude in der Wäscherei, sie weiß, dass sie im Kinosaal Filme vorführen, die für unsere Sterilisierung werben. Wir sollen uns zum Wohle von Staat, Bürger und Volksgesundheit nicht weiter fortpflanzen.

Wir haben Angst!!!

*

Es ist Sonntag. Der Vater kommt allein.

»Frieda, ich …«

Ich mache die Augen zu, mir wird heiß und schwindlig.

Er gibt mir den Brief zu lesen, sagt vorher, er werde alles tun, um es zu verhindern.

Absender: Erbgesundheitsgericht.

Ich kann meine Hände nicht ruhig halten, blicke auf den Bogen. Das Einzige, was mir ins Auge springt, ist:

»Kann durch chirurgischen Eingriff unfruchtbar gemacht werden wegen unheilbarer Schizophrenie.«

Für einen kurzen Moment glaube ich, alles sei nur ein böser Traum, aber es ist kein Traum, es ist der Irrsinn der Realität. Ich erfasse alle Worte richtig, ich erblasse und brülle klaren Verstandes, dass ich mich

NIEMALS

einverstanden erkläre.

NIEMALS! NIEMALS! NIEMALS!

*

Patientin war im Allgemeinen ruhig

Plötzlich jedoch wieder erregt, zänkisch

Droht mit Gewalttätigkeiten

*

Meine Wut wächst und wächst gegen etwas, was ich nicht fassen kann, etwas, das von einem ganzen System der Bosheit kommt und mich zerstört und vernichtet.

Ich will leben! Ich habe noch so viel nicht gelebtes Leben in mir, ich hoffe immer noch auf eine Chance, um das, was in mir ist, auszuleben und zu malen. Da ist doch immer noch etwas, das wachsen will. Ich bin doch zu irgendetwas gut, ich habe eine Daseinsberechtigung! Es gibt die Nazis, und es gibt mich! Mein zerbrechliches, einmaliges Leben! Ich will leben und arbeiten, doch ich muss gegen die Bosheit ankämpfen, die unüberwindbar scheint. Ich kann nichts tun, nur wütend und böse sein.

*

Ich lese in van Goghs Briefen.

»Ein Vogel im Käfig weiß im Frühling sehr wohl, dass es etwas gibt, wozu er taugt, weiß sehr wohl, dass er etwas zu tun hat, aber er kann es nicht tun, was ist es doch? Er kann sich nicht recht erinnern, dann kommen ihm unbestimmte Vorstellungen, er sagt sich, ›die anderen bauen Nester und zeugen Junge und ziehen die Brut groß‹, dann prallt er mit dem Kopf an die Stäbe des Käfigs. Und der Käfig bleibt, und der Vogel ist wahnsinnig vor Schmerz.«

*

Nacht. Wir liegen wie Fliegen in Spinnennetzen. Plötzlich schreit eine Frau auf. Das Brüllen pflanzt sich weiter fort. Die Mauern erzittern von unseren Schreien. Die Frau, die zuerst geschrien hat, bin ich.

*

Hubert ist zurück. Er ist ohne einen Pfennig Geld aus Amerika zurückgekehrt. Sein Misserfolg ist ohne Belang. Hubert wird mir helfen! Er sagt, der Vater und er versuchen alles, meine Sterilisation zu verhindern.

*

Der Vater hat Einspruch beim Erbgesundheitsgericht erhoben.

*

Hubert und der Vater sitzen in der Landesbibliothek und wälzen medizinische Fachbücher, um herauszufinden, was Schizophrenie ist, denn niemand hat uns meine Krankheit, an der ich angeblich leide, erklärt. Sie studieren, wie man Schizophrenie genau definiert, um Argumente gegen die Sterilisation zu finden.

Schizophrenie:
Spaltungsirresein
Spaltung zwischen Traumwelt und äußerer Wirklichkeit
Lösung der normalen Gedankenverbindungen
Bizarre Gedankengänge
Verknüpfungen und Verbindungen von Beziehungslosem
Verwendung von Symbolen anstelle des ursprünglichen Begriffs
Störung der Assoziation
UNHEILBARE ERBKRANKHEIT

*

Hubert und die Mutter wollten noch einmal in aller Vernunft mit dem Anstaltsdirektor, der den Antrag auf Sterilisation gestellt hat, sprechen.

Sie wurden nicht vorgelassen.

Sie dürfen nicht zu ihm. Wie soll man etwas bewirken, wenn man die Verantwortlichen nicht sprechen kann?

*

Ich erhalte Ausgangsverbot. Ich darf nicht mehr in den Garten gehen. Ich sage, dass ich das nicht aushalten kann, ich meine Spaziergänge machen muss, ich mein ganzes

Leben in der Natur und in den Wäldern verbracht habe, ich wenigstens im Anstaltsgarten laufen will!

Unbefristeter Arrest!

*

Meine Haut stirbt allmählich ab. Ich werde zu einem Frauengesicht, das nie ins Freie kommt. Den ganzen Tag atme ich dieselbe schlechte Luft ein.

*

Die Ärzte drohen mir mit lebenslanger Aufbewahrung in Arnsdorf, wenn ich dem Eingriff nicht zustimme.

Blinde Verzweiflung.

*

Hubert und die Eltern standen vor der verschlossenen Anstaltstür.

»Wir waren da, wir wurden nicht vorgelassen, Frieda«, schreibt Hubert.

»Wir dürfen Dich nicht mehr besuchen.«

*

Ich gehe auf und ab, ich muss auf und ab gehen, anders kann ich meine Unruhe nicht betäuben. Schwindel. Ich muss mich zusammenreißen. Jede Auffälligkeit meines Verhaltens gibt ihnen mehr Argumente, mich zu operieren.

Auf- und abgehen,

hin- und hertrippeln

wie eine Maus im Käfig,

mehr bleibt mir nicht übrig, um meine Angst zu ertragen.

Ich laufe zum Fenster, blicke in den kahlen, grau getünchten Novembergarten.

Ein paar Krähen hocken auf den Ästen.

Die Krähen
krächzen, fliegen auf, setzen sich wieder,
krächzen, fliegen auf, setzen sich wieder,
krächzen, fliegen auf

auf- und abgehen,

hin- und hertrippeln

wie eine Maus im Käfig.

Gott, wenn es dich gibt, hilf mir!

*

Das Erbgesundheitsgericht weist die Beschwerde in letzter Instanz zurück und ordnet die Sterilisation unwiderruflich an.

*

*

*

Ich liege in der Löbtauer Frauenklinik. Der Eingriff war lebensgefährlich. Ich überlebe. Körperlich. Meine Seele haben sie mir aus dem Leib gerissen. Ich werde nie mehr Kinder haben, und als Sterilisierte werde ich nie mehr heiraten dürfen. Alles ist vergeblich gewesen. Meine Auflehnung, meine Kunst, mein Leben.

Ich muss immerzu an mein totes Kind denken. Warum konnte ich es nicht gebären? Wenn ich es hätte austragen können, wäre ich nicht hier, wäre mein ganzes Leben anders verlaufen.

Unnütze Gedanken. Ich habe nichts Gutes mehr zu erwarten.

*

Hubert besucht mich. Meine Augen starren zur Zimmerdecke, ich fühle mich

stumpf,

ohne Wärme,

ohne Leben,

wie gelähmt,

totengleich.

Er setzt sich auf meine Bettkante, ich sehe ihn immer noch nicht an, ich liege da, zusammengekauert, wie abgestorben.

Hubert sagt nichts, verliert kein Wort. Er nimmt meine rechte Hand, lehnt seine Stirn an die meine. Ich lasse ihn gewähren, doch ich erwidere seine Liebkosung nicht. Er gibt mir einen Kuss auf die Stirn und geht.

Ich bleibe, Hubert geht.

*

Wieder in Arnsdorf. Meine Besuchssperre und die Ausgangssperre sind aufgehoben. Ich bin ja nun sterilisiert und außer Gefecht gesetzt.

Ich bin nicht mehr imstande, Wünsche und Hoffnungen zu haben. Welche Hoffnung soll das sein? Mit Grauen erkenne ich, dass da unten in meinem Leib etwas verloren gegangen ist, ich von nun an ein Stück Tod mit mir trage.

Ich spreche nicht, verliere kein Wort über das, was man mir angetan hat, wenn ich es aussprechen würde, würde es mich umbringen. Was mit mir geschehen ist, kann ich nur mit dem Stift ausdrücken. Ich weiß bereits, während ich zeichne, dass ich das Bild ›Leben‹ nennen werde, Leben, das nun Tod bedeutet, weil man mir gewaltsam die Fruchtbarkeit genommen hat. Meine Hand zeichnet eine auf dem Kopf stehende gekreuzigte Frau mit nach oben gespreizten Beinen, aus deren Mitte ein nacktes Kind emporsteigt, doch dieses Kind lebt nicht, es ist an die Flügelenden des Reichsadlers genagelt. Das Kind hängt dort wie Jesus am Kreuz, das Kind, das ich nie mehr gebären werde.

Mein Schoß war fruchtbar wie die Erde, meine Brüste nährend wie Äpfel des Lebensbaumes, mein Haar lebensspendend wie das Meer.

Der Wahnsinn der Welt hat über mich gerichtet.

*

Lohse hat Elsa geheiratet.

*

Meine Bilder wurden aus den Hamburger Museen entfernt.

Entartet.

*

Zu wem soll ich noch Vertrauen haben?

Ich werde in Etappen vernichtet!

*

Die Frau, die ich jetzt bin, bin ich, gleichzeitig bin ich es nicht, denn sie gleicht am wenigsten der leidenschaftlichen Frau, die ich einmal war. Und dennoch bin ich es.

Alle Gefühle und Gedanken sind fortgespült. Das einzige Gefühl, was bleibt, ist nur ein Betäubtsein, hinter dem sich der Schmerz verkrochen hat.

Ich sitze da wie abgestorben. Ich sitze auf meinem Stuhl, als hätte mich jemand in diese Stellung gesetzt, als wäre ich angebunden, die Hände und Arme regungslos auf die Lehnen gelegt, die Füße leblos auf den Boden aufgestellt wie zwei Bleiklötze. Nichts regt sich in meinem Gesicht. Die Mundwinkel sind in die Tiefe gefallen, die Augen stieren blicklos trüb, ohne etwas wahrzunehmen.

Nichts gehört mir mehr, weder mein Körper noch mein Geist. Ich lebe in einer trägen Trance, es ist ein Nichtsein, ich habe keinen Willen mehr. Ich bewege mich in meinem Körper, aber ich bin fern von ihm. Irgendwo in meinem Kopf ist ein Gedanke, aber ich kann ihn nicht fassen. Mein Körper ist tot, mein Geist betäubt. Ich lebe wie hinter einer dichten Nebelwand oder als wäre mein Kopf unter Wasser getaucht. Ich will nichts mehr fühlen, denken, wollen. Ich falle durch eine Falltür in ein Loch ohne Boden, immer tiefer ins Nichts. Ich bin nichts mehr und will nichts mehr. Ich weigere mich, noch mehr Schmerz zu ertragen. Manchmal umweht mich ein Hauch Vergangenheit und legt meine Erinnerungen frei. Dann sehe ich mich, wie ich einmal gewesen bin und wie ich nie wieder sein werde.

Mein Leben ist leer geworden. Kein Trotz mehr, keine Träume, kein Willen, kein Aufruhr. Ich zeichne und male nicht mehr. Ich bin dabei zu verblöden und überlasse mich meinem Schicksal, ohne noch irgendetwas zu erwarten. Wozu auch, ich bin aus der Welt ausgestoßen und verstümmelt.

*

*

*

*

Die Jahre ziehen vorüber. Ich lasse mich gehen und vegetiere dahin, sterbe Stück für Stück ab. Lohse hat inzwischen vier Kinder, höre ich. In mir regt sich nichts mehr.

Hin und wieder verbringe ich Urlaube bei den Eltern. Der Vater kann eine Entwicklung zum Guten feststellen, ich wäre jetzt lenksam und viel ruhiger, ich würde sogar mit der Mutter Liedchen singen, und es herrsche eine gemütliche und heimelige Atmosphäre im Haus, wie die Eltern es sich immer gewünscht hätten. Meine Ruhe birgt meine Selbstaufgabe. Ich habe kein Eigenleben mehr. Wozu soll ich mich noch mit einer Welt befassen, die nicht mehr für mich bestimmt ist?

Ich stehe mit der Mutter im Garten in der Voglerstraße, mein Haar ist hinten zusammengeknotet, ich trage ein bis zu den Knöcheln fallendes, kariertes Kleid, die Mutter hat es für mich besorgt. Ich hätte es niemals gekauft, auch nicht die Riemchenschuhe, die sie mir angezogen hat, aber es ist mir egal. Es gibt keinen Widerstand mehr in mir. Mein Gesicht sieht aus wie ein gammliger trauriger Kürbis.

Ich bin 40 Jahre alt. Die Anstalt wird mir immer unheimlicher. Ich wünsche mir, bei den Eltern zu bleiben, aber der Vater lehnt es ab. Ich hätte immer noch unruhige Phasen. Er will mich erst aus der Anstalt holen, wenn ich ganz gesund bin.

*

Anstaltskost

Montag: Brühe
Dienstag: Brühe
Mittwoch: Brühe
Donnerstag: Brühe
Freitag: Brühe
Samstag: Brühe
Sonntag: Brühe

Ich lebe dahin, verschmutzter als früher, und mit ständigem Hungergefühl.

An den Hunger kann sich niemand gewöhnen. Der Hunger ist wie ein wildes Raubtier, das einen von innen her auffrisst.

Ich schlucke meinen Speichel, um das Gefühl zu haben, etwas zu mir zu nehmen.

Ich fühle mich so schwach.

*

Wieder ist eine von uns gestorben. Sie haben sie aus dem Saal geschoben. Die Kranken, die hungern, sterben zuerst.

*

Die Mutter ist krank geworden und kann mich nicht besuchen. Sie hat mir ein Päckchen mit Nüssen geschickt!

Schreibt, dass Hubert zur Marine eingezogen und in Gotenhafen stationiert ist.

Er ist niemals Nationalsozialist gewesen. Jetzt kämpft er als Soldat für Hitler.

Welt im Wahn!

*

Monatsplan

Montag: Brühe
Dienstag: Brühe
Mittwoch: Brühe
Donnerstag: Brühe
Freitag: Brühe
Samstag: Brühe
Sonntag: Brühe

*

Der Mutter geht es besser! Sie macht sich Sorgen um mich.

Schreibt, ein Urlaubsantrag sei von der Anstaltsleitung genehmigt worden.

Sie kommt mich abholen!

Ich kann raus hier!

Ich bekomme zu essen!

Noch sechs Tage, dann kommt die Mutter!

*

Freitag: Brühe
Samstag: Brühe
Sonntag: Brühe
Montag: Brühe
Dienstag: Brühe
Mittwoch: Brühe

*

Schwester Agnes öffnet die Tür. Sie ist nervöser als sonst. Sagt, ich solle meine Tasche packen, ich würde gleich in eine andere Anstalt verlegt. Ich schüttele den Kopf.

»Das geht nicht. Die Mutter kommt am Nachmittag, um mich abzuholen.«

Die Schwester befiehlt mir zu packen. Alles andere würde sich schon finden, die Eltern würden ja benachrichtigt.

Ich bleibe sitzen.

»Ich muss auf die Mutter warten!«

Die Schwester drängt mich aufzustehen, es wäre nicht viel Zeit, die Busse seien schon da.

»Also los, nun mach schon, es geht nicht anders.«

Ich will nicht.

Sie geht zum Schränkchen und pfeffert alles, was sie findet, in meine Tasche.

Dann klebt sie mir einen mit meinem Namen beschrifteten Leukoplaststreifen auf den Rücken und schiebt mich nach draußen.

Es stehen schon viele Patienten vor den Bussen. Wir sind alle bis auf die Knochen abgemagert. Unsere großen Hungeraugen verfolgen das Geschehen.

Ich blicke auf die Busse. Sie sind graugrün gestrichen. Auch das Fensterglas ist mit Farbe übermalt. Warum haben die Busse keine Fenster zum Hinaussehen?

»Ich will hierbleiben. Die Mutter kommt doch!«

Die Schwester schubst mich voran. »Die Mutter wird dorthin kommen, wohin du jetzt gebracht wirst.«

Ich sträube mich einzusteigen. Ein Pfleger zerrt mich hinein. Ich bekomme immer mehr Angst und schreie nach meiner Mutter. Auch andere Patienten weinen und wollen nicht mitfahren. Die Pfleger drohen mit den Spritzen.

Keine Spritze. Ich sehe Johanna und beruhige mich. Ich darf neben ihr sitzen. Wir halten uns die Hand.

Es gibt Sitze mit Gurten, und die Pfleger tragen Handschellen bei sich.

Motorbrummen. Die Busse starten. Wir sitzen in der Dunkelkammer, können nicht sehen, wohin wir fahren. Angst.

Die Busse machen Halt. Die Türen öffnen sich. Wir steigen in einem Innenhof aus, geblendet vom grellen Sonnenlicht.

Männer rechts, Frauen links.

Wo sind wir?

*

Die Krankenschwestern bringen uns Frauen ins Gebäude. Im Aufnahmezimmer werden wir alle gemessen, gewogen und fotografiert, dann begutachtet uns der Arzt. Die Schwester sagt uns, wir würden jetzt in den Duschraum gebracht, dass es nach dem Duschen neue Anstaltskleidung gäbe und wir dann alle auf die Station kämen.

Ich laufe mit den anderen mit. Wir befinden uns nun in einem Vorraum und müssen uns entkleiden. Seife, Waschlappen und Handtücher liegen auf den Bänken bereit.

Die Schwestern führen uns in den Baderaum, es ist ein schmales, steingefliestes Loch, das sich im Keller des Gebäudes befindet. Sie stopfen uns hinein. Wir sind viel zu viele für den kleinen Raum.

Kaum sind wir drinnen, kracht die Stahltür zu.

Es kommt kein Wasser aus den Duschen.

Gasgeruch

Ich schreie

Ringe nach Luft

Recke die Arme in die Höhe

Röcheln

Sehe mein Leben

Strom von Bildern

Die Frauen

Ich bin die rote Frau in der Mitte

Aufschreiende Gruppe, 1931

EPILOG

Elfriede Lohse-Wächtler wurde am 31. Juli 1940 in Pirna-Sonnenstein ermordet. Von Juli 1940 bis August 1941 hatten die Ärzte über 2.000 Menschen von Arnsdorf nach Sonnenstein verlegt und vergast. Insgesamt wurden in Pirna-Sonnenstein 15.000 Menschen, in ganz Deutschland über 70.000 Menschen in verschiedenen »Euthanasie«-Anstalten getötet und danach im Krematorium eingeäschert. Die Asche der Toten füllten die Helfer wahllos in Urnen oder brachten sie auf die Schutthalde der Anstalt. Den Angehörigen schickte man Trostbriefe mit fingierten Todesursachen.

Erst als in die Geheimhaltung der Vergasungen Lücken brachen, weil bürokratische Fehler gemacht worden waren oder die Anwohner der Anstalten etwas bemerkten, erst als einige wenige Kirchenvertreter gegen die Unmenschlichkeit protestierten, hörte die Vergasung der Kranken auf.

Doch das Morden ging weiter. Die Kranken erhielten nun hinter den Anstaltsmauern »Hungerkuren« und Medikamente, mit denen sie getötet wurden. Die Todesmaschinerie lief.

Im Februar 1945 war Dresden durch britische und amerikanische Bomben zerstört worden. Adolf und Sidonie Wächtler überlebten den Angriff. Auch ihre Wohnung blieb intakt. Der Vater schrieb Hubert, der sich zu jener Zeit in Kriegsgefangenschaft befand, dass sie hungerten.

Am Tag der Kapitulation der deutschen Wehrmacht marschierte die Rote Armee in Dresden ein. Die Sowjetische Militäradministration setzte eine provisorische Stadtverwaltung und eine sächsische Landesverwaltung ein.

Die Eltern starben beide kurz nacheinander im Frühjahr 1946, die Mutter im Februar, der Vater im März. Vermutlich waren sie verhungert.

Als Hubert Wächtler zurückkehrte, hatte er keine Familie mehr.

Im Mai 1947 las Hubert Wächtler in der ›Sächsischen Zeitung‹, dass Zeugen gesucht würden, um gegen die Ärzte und Schwestern auszusagen.

Hubert Wächtler meldete sich und wurde ins Landgericht Dresden geladen. Der Prozess gegen die Ärzte, Pfleger und Krankenschwestern begann im Juni 1947. Hubert Wächtler sagte aus. Er trug seinen Beitrag zur Verurteilung der Täter bei.

Die Staatsanwaltschaft hatte elf Mal die Todesstrafe gefordert. Vier Mal wurde sie ausgesprochen. Die Angeklagten Ärzte Dr. Nitsche und Dr. Leonhardt sowie zwei Pfleger wurden zum Tode verurteilt. Die übrigen Angeklagten erhielten Haftstrafen zwischen acht und 20 Jahren.

Es gab weitere Prozesse in Deutschland. Die meisten Ärzte, Schwestern, Pfleger wurden freigesprochen oder gar nicht angeklagt. Die meisten Mörder und ihre Gehilfen arbeiteten weiterhin in den Anstalten.

Die in Pirna-Sonnenstein verübten Verbrechen wie auch die in den anderen Anstalten begangenen Morde gerieten in ganz Deutschland in Vergessenheit. Es dauerte Jahrzehnte, bis das Schweigen und Verdrängen ein Ende nahm und der fast vergessene Massenmord allmählich in das öffentliche Bewusstsein drang.

Bürgerinnen und Bürger der Stadt Pirna sowie Angehörige der Ermordeten engagierten sich seit 1991 im ›Kuratorium Gedenkstätte Sonnenstein e.V.‹ für die Einrichtung einer Gedenkstätte. Im Juni 2000 wurde die Gedenkstätte eingeweiht. Seitdem erinnern der Gedenkbereich und eine Dauerausstellung an die Geschichte der Anstalt während des Nationalsozialismus.

Hubert Wächtler lebte zeitlebens allein, er lebte mit Friedas Nachlass und mit seinen Erinnerungen an seine Schwester. Bis zu seinem Lebensende setzte er sich dafür ein, die etwa 400 erhaltenen Bilder seiner Schwester bekannt zu machen und Ausstellungen zu ermöglichen. Er bot sie immer wieder Ausstellern und Galeristen an, meist ohne Erfolg, dennoch gab er niemals auf.

Er starb im Juli 1988 in Hamburg. Den Nachlass seiner Schwester vermachte er dem Ehepaar Marianne und Rolf Rosowski. Das Ehepaar Rosowski gründete einen Förderkreis Elfriede Lohse-Wächtler und brachte 1996 eine Monografie über die Künstlerin heraus.

Im Jahre 1999 fand zum 100. Geburtstag der Künstlerin eine Ausstellung im Altonaer Museum statt. Eine Gedenkveranstaltung in der Fachhochschule Hamburg begleitete die Ausstellung. Ich, die Autorin, war zu jener Zeit Sängerin und sang auf der Gedenkfeier zu Ehren der Künstlerin. Seither habe ich das Schicksal der Elfriede Lohse-Wächtler nicht mehr vergessen.

Sie wollte leben!

Am 4. Dezember 2019 jährt sich ihr Geburtstag zum 120. Mal.

Ich musste ihr und allen Menschen, die in nationalsozialistischen psychiatrischen Anstalten ermordet wurden, ein Denkmal setzen.

Wann ist das Erlebte Vergangenheit? Die Antwort lautet: Niemals.

Und dieser Instinkt zu demütigen – wenn er von einem Mächtigen vorgelebt wird – sickert in das Leben aller ein. Denn es gibt gewissermaßen anderen Menschen die Erlaubnis, dasselbe zu machen. Respektlosigkeit lädt zu Respektlosigkeit ein, Gewalt animiert zu Gewalt. Und wenn die Mächtigen ihre Position benutzen, um andere zu tyrannisieren, dann verlieren wir alle.

Meryl Streep, (Schauspielerin), aus der Dankesrede bei den Golden Globes 2016

LEBENSLAUF
ELFRIEDE LOHSE-WÄCHTLER

1899: Geboren am 4. Dezember in Dresden-Löbtau.

1916: Verlässt das Elternhaus und studiert an der Kunstgewerbeschule Dresden.

1921: Heirat mit dem Opernsänger und Maler Kurt Lohse.

Aufenthalt im Werkleiterhaus in Wehlen.

1922: Aufenthalt in Görlitz.

1923: Rückkehr nach Dresden.

1925: Umzug nach Hamburg.

1926: Tritt dem »Bund Hamburgischer Künstlerinnen und Kunstfreundinnen« bei. Erste Ausstellungen und künstlerische Erfolge.

1929: Psychische Krise und mehrwöchiger Aufenthalt in der Nervenheilanstalt Friedrichsberg. Künstlerischer Durchbruch: Ausstellung der »Friedrichsberger Köpfe« in Hamburg. Weitere Ausstellungen folgen.

1931: Verarmung, Vereinsamung und psychischer Zusammenbruch.

Rückkehr zu den Eltern nach Dresden.

1932: Einweisung in die Landes-, Heil- und Pflegeanstalt Arnsdorf für die nächsten acht Jahre bis zu ihrer Ermordung.

1935: Scheidung von Kurt Lohse wegen angeblicher »Unheilbarer Geisteskrankheit«; Zwangssterilisation durch die Nationalsozialisten.

1940: Am 31. Juli in der Tötungsanstalt »Pirna-Sonnenstein« von den Nationalsozialisten ermordet durch Vergasung.

1947: Dresdner Ärzteprozess vom 16. Juni bis zum 7. Juli.

PERSONEN

Johannes A. Baader:

1875–1955, Schriftsteller und gelernter Architekt für Friedhofskunst, Tätigkeiten in Dresden, Hamburg, Berlin und Stettin, von 1918 bis 1920 führender Mitstreiter der Berliner Dada-Bewegung, ab 1924 Mitarbeit bei der Einrichtung des Tierparks Carl Hagenbeck in Hamburg, von 1935 bis 1955 Hamburger Schriftleiter der »Bremer Nachrichten«.

Londa Freiin von Berg:

1896–1979, in Argentinien geboren, kehrt als Kind nach Europa zurück und wohnt lange bei ihrem Großvater in Elsass-Lothringen. Lebt seit Kriegsbeginn in Dresden und heiratet 1918 Conrad Felixmüller.

Paul Cassel:

1892–1945, Dresdner Maler, bis 1914 in der Kunstgewerbeschule Dresden ausgebildet. Seine Bilder werden von den Nationalsozialisten als entartet gebrandmarkt. Später tritt er der NSDAP bei und isoliert sich dadurch von seinen ehemaligen Freunden.

Rudolf Adrian Dietrich:

1894–1969, Schriftsteller, Dramaturg, Archivar, Dresdner Dichter.

Otto Dix:

1891–1969, seit 1919 Studium an der Kunstgewerbeschule und an der Akademie der bildenden Künste in Dresden.

1922–1915 lebt und arbeitet er in Düsseldorf, 1925–1926 in Berlin.

Von 1927 bis 1933 hat Dix eine Professur an der Kunstakademie in Dresden inne. 1930 wird Dix Mitglied der Preußischen Akademie der Künste. Nach der Machtergreifung der Nationalsozialisten ist Dix einer der ersten Kunstprofessoren in Dresden, die entlassen werden. Zwar versucht er anfangs, sich als freischaffender Maler in Dresden zu halten, doch muss sich Dix vor den Diffamierungen nationalsozialistischer Künstler im Herbst nach Süddeutschland zurückziehen.

Conrad Felixmüller:

1897–1977, seit 1912 Ausbildung in der Dresdner Kunstgewerbeschule sowie Kunstakademie in Dresden. Gründer und Vorsitzender der »Dresdner Sezession«. 1933 ist Felixmüller mit 40 Arbeiten in der Dresdner Ausstellung »Entartete Kunst« zu sehen.1937 werden 151 Werke des Künstlers aus öffentlichem Besitz beschlagnahmt. 1944 wird er zum Kriegsdienst einberufen.

Otto Griebel:

1895–1972, Sohn eines Tapeziermeisters – beginnt 1909 eine Lehre als Dekorationsmaler, kurze Zeit später wechselt er an die Königliche Zeichenschule in Dresden, wo er Otto Dix kennenlernt.

Richard Huesenbeck:

1892–1974, studiert Medizin, Philosophie, Germanistik und Kunstgeschichte. Mitbegründer der Dada-Bewegung. 1918 schreibt er sein »Dadaistisches Manifest«.

Oskar Kokoschka:

1886–1980, österreichischer Maler, von 1919 bis 1926 Professor an der Dresdner Kunstakademie.

Maria Kunde:

Lebensdaten unbekannt. Hamburger Galeristin, gründet 1911 den »Kunstsalon Maria Kunde« am Bieberhaus, stellt die norddeutsche Moderne aus.

Verheiratet mit dem Maler Karl Prahl, Begründer der Hamburger Sezessionisten.

Alfred Kurt Lohse:

1892–1958, Sohn des Musterzeichners aus Hohenstein-Ernstthal bei Chemnitz,

seit 1911 Studium an der Kunstgewerbeschule Dresden, anschließend an der Kunstakademie, gehört zum engen Freundeskreis um Otto Dix.

Opernsänger und Maler.

Richard Naumann:

1886–1961, Dresdner Landschaftsmaler und Grafiker, Studium an der Dresdner Akademie.

Franz Pfemfert:

1879–1954, Gründer der Zeitschrift »Die Aktion« (1911).

Gründer der »Antinationalen Sozialistenpartei« (1915).

Nach dem Ersten Weltkrieg unterstützt er den Spartakusbund.

BEGRIFFE

Bund Hamburgischer Künstlerinnen und Kunstfreundinnen:

1920 gegründet. Ida Dehmel (1870–1942) ist eine der Mitbegründerinnen, später geht aus der Vereinigung die GEDOK hervor.

Dresdner Sezession, Gruppe 1919:

Expressionistische Künstlergruppe. 1922 löst sich die Gruppe wegen politischer Meinungsverschiedenheiten und unterschiedlicher künstlerischen Auffassungen auf.

GEDOK:

Verband der Gemeinschaften der Künstlerinnen und Kunstförderer e. V., ältestes und europaweit größtes Netzwerk für Künstlerinnen aller Kunstgattungen.

Der Verein wird 1926 in Hamburg von Ida Dehmel als »Gemeinschaft Deutscher und Österreichischer Künstlerinnenvereine aller Kunstgattungen« gegründet.

LITERATUR

Informationen über das Leben der Elfriede Lohse-Wächtler und die kursiv geschriebenen Quellentexte stammen u. a. aus:

Reinhardt, Georg (Hg): Im Malstrom des Lebens versunken, Elfriede Lohse-Wächtler, 1899–1940, Leben und Werk, Köln 1996.

Böhm, Boris: Wollen wir leben, Das Leben! Elfriede Lohse-Wächtler, 1899–1940, Eine Biografie in Bildern, Dresden 2009.

Beide Bücher enthalten zahlreiche Abbildungen von Fotos und Gemälden der Künstlerin.

*

Informationen zum »Euthanasie«-Prozess in Dresden 1947:

Hohmann, Joachim S.: Der »Euthanasie«-Prozess Dresden 1947. Eine zeitgeschichtliche Dokumentation, Frankfurt am Main 1993.

Klee, Ernst: »Euthanasie« im Dritten Reich. Die »Vernichtung lebensunwerten Lebens«, Frankfurt am Main 2010.

Weig, Wolfgang, Heilemann, Hubert (Hg): Gewalt gegen psychisch Kranke, gestern-heute-morgen?, Zum Gedenken an die Opfer des Nationalsozialismus unter den psychisch kranken und geistig behinderten Menschen, Schriftenreihe der Bundesdirektorenkonferenz psychiatrischer Krankenhäuser, Band 5, Regensburg 2011.

ZITATE UND TEXTE

Georg Heym, Das Geheimnis der Liebe, in: Das Werk, Zweitausendeins 2005, S. 104.

Else Lasker-Schüler, Gedicht ›Weltflucht‹, in: Die Gedichte, Suhrkamp, 1997, S. 14.

Ausgangszitat: Meryl Streep, aus der Dankesrede bei den Golden Globes 2016.